U0478803

人文书
诗散丛

# 飞机拉线

路　也◎著

河北出版传媒集团
花山文艺出版社
河北·石家庄

**图书在版编目（CIP）数据**

飞机拉线 / 路也著．—石家庄：花山文艺出版社，2021.3

（“诗人散文”丛书）

ISBN 978-7-5511-5435-2

Ⅰ.①飞… Ⅱ.①路… Ⅲ.①散文集－中国－当代 Ⅳ.①I267

中国版本图书馆CIP数据核字（2020）第247041号

**策　　划：**曹征平　郝建国

**丛 书 名：**“诗人散文”丛书
**主　　编：**霍俊明　郁　葱　商　震
**书　　名：**飞机拉线
Feiji Laxian
**著　　者：**路　也

**责任编辑：**尹志秀　王李子
**责任校对：**李　伟
**装帧设计：**王爱芹
**美术编辑：**胡彤亮
**出版发行：**花山文艺出版社（邮政编码：050061）
（河北省石家庄市友谊北大街330号）
**销售热线：**0311-88643221
**传　　真：**0311-88643234
**印　　刷：**河北新华第二印刷有限责任公司
**经　　销：**新华书店
**开　　本：**880mm×1230mm　1 / 32
**印　　张：**6.5
**字　　数：**120千字
**版　　次：**2021年3月第1版
2021年3月第1次印刷
**书　　号：**ISBN 978-7-5511-5435-2
**定　　价：**42.00元

# 第二季总序

◎霍俊明

花山文艺出版社在2020年1月推出《“诗人散文”丛书》（第一季），收入翟永明《水之诗开放在灵魂中》、王家新《1941年夏天的火星》、大解《住在星空下》、商震《一瞥两汉》、张执浩《一只蚂蚁出门了》、雷平阳《宋朝的病》以及霍俊明的《诗人生活》，共计七种。《“诗人散文”丛书》（第一季）推出后，立刻引发诗歌和散文界的高度关注并成为现象级的出版个例。

庚子年是改变世界的一年，我在和一些诗人以及作家朋友的交谈中注意到，很多人的文学观甚至世界观正在发生调整和变化。在写作越来越强调个人而成为无差别碎片的写作情势下，写作者的精神能力、写作经验以及文体观念都受到了一定的忽视或遮蔽。由此，“诗人散文”正是应对这一写作难题的绝好策略或路径之一。

此次《“诗人散文”丛书》（第二季）的入选者是国内具有影响力的老中青年三代诗人，包括郁葱《江河记》、傅天琳《天琳风景》、李琦《白菊》、沈苇《书斋与旷野》、路也《飞机拉线》、邰筐《夜莺飞过我们的城市》、王单单《借人间避雨》。

由这些面貌殊异、文质迥别的文本，我们必须强调“诗人散文”并非等同于“诗人”所写的“散文”，而是意味着这近乎是一个崭新的话语方式。这一特殊话语形态的散文凸显的是一个写作者的精神难度和写作能力，它们区别于平庸的日常化趣味，区别于故作高声的伪乌托邦幻梦，同时也区别于虚假的大主题写作和日益流行的媚俗的观光体和景观游记。甚至在一定程度上这些“诗人散文”因为特殊的诗人化的语调、修辞、技艺以及个人化的历史想象力和求真意志的参与而呈现出别样的文本质地和思想光芒。

他们让我们再次回到文体和写作的起点和初心，如果没有持续的效力、创造力以及发现能力，文学将会沦为什么样的不堪面目？

然而吊诡的是我们越来越迫不及待地谈论和评骘此刻世界正在发生的、作家们急急忙忙赶往现实的俗世绘。与此同时，人们也越来越疲倦于谈论文学与现实的复杂关系。由此，我们读到的越来越多的是“确定性文本”，写作者的头脑、感受方式以及文本身段长得如此相像却又往往自以为是。

蹭热度的、媚俗的、装扮的、光滑的、油腻的文本在经济观光带和社会调色板上到处都是。这既是写作者个人的原因，也是整个文学生态和积习使然。一个作家不能成为自我迷恋的巨婴，不能成为写作童年期摇篮的嗜睡症患者。尤为关键的是文学的“重”“轻”以及作家的自我定位和现实转化的问题。无论文学是作为一种个人的遣兴或“纯诗”层面的修辞练习，还是作家试图做一个时代的介入者和思想载力的承担者，我始终相信语言能力和思想能力缺一不可。

2017年8月到2018年8月，一年的时间我暂住在北京南城胡同区的琉璃巷。每天上下班我都会经过南柳巷的林海音（1918~2001）故居（晋江会馆旧址），院内的三棵古槐延伸、蔓延到了墙外。偶尔我也会闪现出一个念头，历史和现实几乎是并置在一起的，甚至有时候面对一个事物我们很难区分它到底是历史的还是现实的。而胡同附近就是大栅栏，在翻新的街道以及人流熙攘的商业街上我看到鲁迅当年喝茶、小酌、聊天的青砖小楼青云阁（蔡锷在此结识了小凤仙）。以暂住地为中心，我惊奇地发现在北京生活了十四年之久的鲁迅几乎就在当下和身边——菜市口附近的绍兴会馆、虎坊桥附近的东方饭店、西单教育街1号的民国教育部旧址、赵登禹路8号北京三十五中院内的周氏兄弟旧址……每天在中国作协上下班，我都会与一楼大厅的鲁迅铜像擦肩而过。几十年之后，先生仍手指夹着香烟于烟雾中端详着我们以及当下这个时代。毫无疑问，每一个重要作家都会最终形成独一无二的精神肖像。“多少年来，鲁迅这张脸是一简约的符号、明快的象征，如他大量的警句，格外宜于被观看、被引用、被铭记。这张脸给刻成木刻，做成浮雕，画成漫画、宣传画，或以随便什么简陋的方式翻印了再翻印，出现在随便什么媒介、场合、时代，均属独一无二，都有他那股风神在，经得起变形，经得起看。”（陈丹青：《笑谈大先生》）

鲁迅是时代的守夜人，是黑夜中孤独的思想者，但鲁迅留下的远不止于此。他留下的是一本黑暗传和灵魂史。

我想，这正是先生对后世作家的有力提醒。“诗人散文”，同样如此！与此同时，我也近乎热切地期盼着《“诗人散文”丛书》（第三季）的尽快面世！

2020年11月9日于团结湖

# 目　录

CONTENTS

# 贤良的济南

这是一个面朝黄河背靠泰山的城市，最能象征中华民族的两个意象把这个城市牢牢地夹在了中间，差不多等于时时刻刻在对它进行着爱国主义和传统道德的教育；另外还有曲阜和邹县两个古老的小城，驼背弯腰地站在离它不太远的地方，喋喋不休地说教，把《论语》和《孟子》背诵了两千多年。这似乎决定了这座城市骨子里的稳重和正统，厚道和中庸。

它位于北纬36度和37度之间，地处内陆，却又离海不远，季风分别从辽阔的西伯利亚和浩渺的太平洋刮过来，空气半干燥半湿润，就像那种刚柔相济的性格，你说它粗糙吧，它还带着些妩媚和秀气；你说它细腻吧，它又有一颗略显粗犷的豪侠之心。很少有哪座城市像它那样，外部格局如此宏大理性，紧挨一山一水一圣人，山是那么大的山，是五岳之首；水是那么长的水，是民族摇篮；圣人是古往今来独一无二的圣人，是孔子，但是其内部却又是非常感性的和小巧的，以趵突泉为心脏，跳动着《声声慢》或《永遇乐》的节奏，护城河的柳树世袭前朝上代之风韵，荷花是清而不寒娇而不媚的图腾，还有，城南的千佛山做了屏风，一部《老残游记》的片段写在城中央的大明湖上，这像不像一座建筑雄伟的大厦里偏偏放了些可爱好玩的小摆设？宋词的豪放派和婉约派代表人物辛弃疾和李清照都在这里出生并长大，他们似乎是这城市景致风物的两极，可是，即使在那个豪放派人物身上也有“茅檐低小，溪上青青草”的娴雅风度，那个婉约派人物竟然也能吟唱出“生当作人杰，死亦为鬼雄”的慷慨悲歌。

这是济南。

在中国版图上，这个以一条消失的古河水为坐标来命名的城市，其位置有点儿不卑不亢，它不属于这个国家的心脏、大脑，或者眼睛这样无比重要和敏感的地方，它位于雄鸡的嗉囊处，是这嗉囊中央比较大的一粒米。这个东部半岛省份的省会能攻能守，四通八达，去往京城很近，沿京沪线坐特快列车只需四个小时。它朝着东南北三个方向走上不远，都可以抵达海边，最早在胶济线上开通的从济南到青岛的双层豪华旅游列车叫“齐鲁号”，而不是后来带有浓厚商业广告气息的“XXX号”和“XX号”，它改名字改了很久，许多人还是固执地称它为“齐鲁号”。济南从区域上来说，在春秋时代属于齐国，但它与鲁国紧紧相邻，作为齐鲁两国分界线的齐长城，就从济南境内的南部山梁上穿过，也许这使得济南这个地方在精神气质上更接近了鲁国吧。“齐鲁号”朝发夕返，这边是笼罩在清晨迷雾和向晚风中的山影，那边是蓝天丽日下碧海绿树边殖民时代的西式小楼，列车每天在鲁国和齐国之间，在泉和海之间，在干燥和湿润之间，在内敛和开放之间，在狭窄和浩瀚之间，在理性和浪漫之间，在古老和现代之间，在道德主义的文化秩序和经济主义的务实精神之间，来来回回地奔波着，去时三百九十三公里，回时三百九十三公里。这个里程既不远也不近，恰好适合用来议论和抒情，车轮铿锵，似乎在大地上诠释着鲁文化齐文化的冲突和融合，这列横贯省份东西的橘红色火车仿佛是齐鲁文化生动的具象载体。

有个外国哲学家认为，一个思想者适宜居住在内陆，而紧紧靠着大海是对一个思想者不利的。我这样理解这句话，海边太敞亮了，思想无法结晶和沉淀就被海风刮跑了，那里产生的思绪太冲动太激活，不会具有沉重感，而轻飘的想法和念头只能算是灵感，是不能称之为思想的，内陆的稳定感和封闭感则正好适宜进行思想活动，可以使人安下心来坐而论道，厚积薄发，我还觉得这里所说的内陆一定不会是指那种深入到大陆腹地的地方，应该是离海不太远的内陆，大海在这里起到了窗子的作用，一个不能时常向着外界通风换气的地方是产生不出大的和好的思想来的。这么说来，济南算得上一个适合思想的城市了，而青岛就是它的一面朝东开着的美丽的窗子。孔子、孟子、颜子、晏婴、左丘明、曾子、墨子、管子、邹衍、荀子、孙膑等思想家都产生在山东，大都在离济南不远的周边内陆地区，而春秋战国时期形成的百家争鸣的中心地点稷下学宫离济南不过百余公里。

济南的夏天和冬天两季都很悲壮。夏天气温在全国遥遥领先，让人热得只剩下了苟延残喘，唯一想法只是“一定要活过这个夏天”，熬到秋风凉了，每个济南人都很有成就感。这些年来济南的冬天不符合全球变暖的规律，不知为何越来越冷了，冬天最低温度竟到了零下十五摄氏度。许多年前的济南，并不那么冷，而且还有点儿温柔，很多外地学生是读了老舍那篇《济南的冬天》才报考济南的大学的，文章里写到这个三面环山只在北面留一个小缺口的盆地多么温存哪，还有城南那卧着些雪的小山上的阳光多么诱人哪，可是当真的来了这里，却发现冬天是那么冷，当那些从遥远的外省来的学生们穿着厚厚羽绒服像企鹅一样在冰路上蹒跚挪步时，他们肯定觉得有点儿上当了，那篇美丽散文更像是一篇祭文。在这里过冬就是熬冬，得咬紧牙关默念：“其实毫无胜利可言，挺住便意味着一切。”济南的情感就是这样，一点儿也不暧昧，也不朦胧，更不会半推半就和欲擒故纵，典型的暖温带特点，要么高温多雨要么寒冷干燥，缺乏跟世界互相赠答的调频，爱和恨泾渭分明，让人觉得少了氤氲的情调，却多了一些脆生生的大方。在漫长的冬和夏之间是轻描淡写的春和心如止水的秋，那不过是冬和夏的间歇，是大爱和大恨之间的平静期，阳光因此充满了温顺而宽厚的倦意。济南的城市布局居然也带了犹如它的气候这样的是非明晰的特点，街道按经几路纬几路来划分，条条大路东西南北横平竖直，跟儒家的君君臣臣父父子子那样排列得一点儿也不乱，就连那些古旧的小巷子都很少拐弯抹角，跟济南人一样，全是直肠子，没有曲径通幽的心机，所以外地人来了很少迷路。

在济南做绅士和淑女有些困难。绅士和淑女必须生活在那种气候宜人温差不大的地方才行，有小小的风吹着有细细的雨横斜，心情才会怡然，才能在细枝末节处讲究，给生活处处镶上审美的花边，才会彬彬有礼，说起话来细声软语。在一个要么热死人要么冻死人的地方，衣着会首先注重实用性，举止相应地也就不会那么温文尔雅，在夏天就是一动不动也能汗流浃背，总是一副刚刚下过大力拉过地板车的样子，如果要保持西装革履和衣袂飘香，那要费出全天候的工夫来伺候，并且要坐在有冷气的屋子里一动不动，衣来伸手饭来张口，才有保持下去的可能，要是遇上天旱缺水，那真是祸不单行了，日子只能将就着过了。一个人热得头晕了有些神志不清了，谁还有闲心去顾及诸如口红颜色与衣裳颜色是否搭配，脚指甲染成什么颜色最时尚之类的细小问题。在济南常常见到穿着大裤衩子光着膀子在街上坐在摊子上喝扎啤的人，粗着嗓门说话，大街小巷布满不同型号的鲁智深，这也没什么好指责的，谁也不会去笑话谁，酷暑有点儿像战时，大家惺惺相惜。要是有人热得丧失了好脾气和活下去的信心，无缘无故地发火找碴儿，那也不能只怪这人修养差，老天至少要负一半责任。济南近几年也冒出了不少绅士和淑女，或者更确切地说是那种小资吧，却总是令人疑心他们都是伪装出来的，而不是真的，他们的样子有点儿脱离了存在背景，看上去累累的，也许你一背转身去，他们就会松一口气，原形毕露地倒回去——没办法，因为这地方实在是没有那样的天时和地利。

济南的烤地瓜炉子有俄罗斯老太太那样的三围，摆在街头上粗粗壮壮，烤出来的大地瓜香酥甜嫩；大白菜长了一副尽职尽责的模样，一车一车地停在路旁；鲁菜里的酱油轰轰烈烈，这还嫌不够，还要用大葱或生菜蘸着甜面酱来吃；还有高汤调制的这个那个，以及一听名字就让人豪气冲天的九转大肠，全部实惠有余精致不足，不适合樱桃小口来吃。早晨起来上街买早餐，除了油条大饼，就是大饼油条，偶见当地特色的盘丝饼、油旋什么的，味道本质上也不过是大饼和油条的变种，还有大米干饭把子肉，比南方粽子大五倍的枣粽，这些食物全部是为好汉秦琼的后代们准备的，吃了之后也许要去卖马或者抡起上百斤重的金装锏练武功。济南人喝酒是往极限里喝的，喝啤酒一般论捆或论箱，高度数白酒也能一瓶接一瓶，不仅自己喝，还劝着别人喝，一定要大家喝成烂泥胡言乱语了胡吹海唠起来了才算够交情，为豪爽而豪爽，豪爽成为值得炫耀的品质，豪爽到悲哀的地步，那劲头儿仿佛喝完酒之后要上山打虎去。去济南人家里尤其是那种济南老户家里做客，非要准备三只胃不可，济南人有让饭的习惯，你刚吃完一碗，再盛一碗上来，一碗接一碗的，并使用各种语言手法让了再让，唯恐客人因不好意思而吃不饱，不达目的誓不罢休，使人觉得盛情难却却之不恭，只好委屈自己的胃撑得难受，心里发誓以后再也不到这家来做客了。

如果把济南比喻成一个女人，那她就是一个出身于小康之家的良家妇女，她贤淑、直率、本分、平实、自足、温煦。她永远跟不上时尚，永远有那么点儿土气，这个她自己是知道的，可看上去并不着急，表情淡淡的，像是认命了。她的美很像她的市花荷花，是一种大方、简洁和朴素的美，有着隐而不露的清淡和秀雅，属于很耐看的那种。这个良家妇女一般不会闹出生活作风问题，她的存在并不是为了招人爱的，是为了让人感到熨帖、踏实和舒服的。

她没有广州的奢靡，担不了什么风险，只知道勤勤恳恳地居家过日子。

她也不像上海那么先锋花哨，她家教甚严，不习惯作秀闹事。

她甚至在自家门口也被那风华正茂神采奕奕的青岛衬托得黯淡无光人老珠黄，成了不折不扣的糟糠之妻，仅靠着伦理道义维系着当家的地位和原配的尊严，却潜伏了被抛弃的危险。

她当然也没有杭州的缠绵，不会水波亮闪闪地四处泛滥，不会咿咿呀呀地发嗲——但是，她的柔情和欲望一点儿也不少，而是全部埋在了小小盆地中央那深深的地下，在地面以下流淌着奔突着，实在抑制不住了才会喷涌而出，到达地面就是一眼又一眼的泉——那是她对浪漫的理解。这容易让人联想起张艺谋电影中的那些女主人公的情感方式，无论是高粱地里的我奶奶，还是菊豆，或者秋菊，她们身上都有着一股被压抑在安静、娴雅甚至循规蹈矩的外表之下的泼辣、野性和疯狂，让土生土长的济南姑娘巩俐来演这些角色是那么合适，有人说她具有东方美也有人说她土气，但是，没有人说她演得不好，也许冥冥之中上天就用这种方式选择了济南。可不可以这样说呢，一个摩登女郎的诗情画意算不了什么，那其实是十分有限的，当关系到身家性命时，她马上会急流勇退，为安全着想甚至会变得凡俗起来，而一个不动声色的良家妇女一旦百年不遇地风花雪月起来，一定是置之死地而后生的，会令天地为之变色，会成为艺术和永恒——这时候像本分啊、先锋啊、浪漫啊、土气啊、奢靡啊等等这些字眼儿的含义就突然变得模糊并且界限不清起来。

济南的良家妇女身份还是要保持的，这是她的本色。良家妇女就是良家妇女，她没有什么好骄傲的，也没有什么好自卑的。可是近几年的济南似乎不像先前那么自信了，基于对“现代化”一词的小农意识的理解，她想三步并作两步地迈向大都市，于是慌慌张张地做了一些违背自己真性情的事情，百年老街拆了，在全国独一无二的火车站欧式建筑群也拆了，大树砍了，山被炸开，几何图形般的大楼越盖越高越盖越多，汽车尾气弥漫，大白天看不见太阳，最致命的是，泉脉和地下河道被破坏了，那美丽的泉水愤怒地沉默了，只是干干地睁着永不瞑目的眼睛，惊恐地望着低矮而灰的天空。数千个无名泉和七十二名泉正在成为泉的遗址。听老辈人讲述，在20世纪70年代，芙蓉街剪子巷的石板路缝隙还渗出泉水，洗菜淘米只需掀开石板来就行了，还听说在更早以前，趵突泉喷出的水有一人多高，远在大明湖都听得到那响声……这些听起来都像是美丽传说了，无可奈何地留在这个城市的记忆里。一个良家妇女丢了自家本色，偏要去做千金小姐或风尘女郎，结果肯定是正在成为一个东施效颦的夹生角色，任何一个明白人都直想对这个城市大喊一声：“Stop！”

济南是一个能够把平庸这种缺点变成优点的城市，在这里住着住着就会住出绵长而舒适的惰性来，就像冬日晌午普照着的阳光那般。久居在此的人或许会对它存了这样那样的不满，殊不知自己这个人——幸或者不幸地——却已得了它的精髓，与它融为一体，也变得跟这城市一样贤良起来平易起来，对外部时尚乃不知有汉无论魏晋，于是哪儿也不想去，有机会远走高飞也不去，最后还是永久地待在这个叫济南的地方数落着它的这不是那不是。就是去外地出差吧，还没离开它呢，就已经在想念它了。

2002年1月

# 烟雨中的林学院

林学院在亚热带的山中。

它大致位于祖国版图东南部的那一大片湿地之中，属于一个在我看来易患风湿症的省份。它具体坐落于一个县级市，一个李白和苏东坡去过的小城。在这个国家里能在地盘上拥有一所正规大学的县级市是极少的。

现在我离李白一千二百四十三年，离苏东坡九百零四年，离鲁国两千三百里。我远远地跑到这里来其实是为了忘掉一些什么的，一些我不愿留在记忆中的事情。我会渐渐爱上他乡，爱上这掠过山坡和竹林的清风，以及清风吹拂着的我的孤独我的散淡。

公交车先是行驶在一条两旁都是破旧矮房的小巷中，路旁右侧看上去大约有一道很小的河沟，沟沿上种着一长溜还没有开花的蚕豆。我一下子就认出了它们是蚕豆，我是去年春天在长江边的一个小岛上认识生长在地里的蚕豆的，它们会开出黑紫的小花来，有着明眸善睐的样子。那个教我认识了蚕豆的人现在已离我万里遥遥，此刻当我来到这个祖国东南部小城的时候，我不知道那人在哪里正在做着什么。

后来车子出了小巷，往一座石桥上驶去，那是一座很有些古意的石桥。车窗外的视野顿时开阔起来，桥下面是一条蜿蜒的河水，河面不是很宽，有十来米的样子，河水清远，笼在初春的雨雾中。堤岸下方两边的河滩是郁郁青青的，生长着高高低低的水生植物。顺着河流曲折的走向望过去，是被雨淋湿的座座小山和在连绵的阴郁霉潮中矗立着的灰瓦粉墙的老房子，偶尔有那么一两只破木船，像发呆的老人那样搁置在岸边，正在时光里一往无前地破败下去。车窗是开着的，可以闻到从盈盈的河面飘过来的一股甜丝丝的野腥味。

朋友说，这条河叫苕溪，被许多古代诗人写过的。这“苕”字该是芦苇的意思吧，这河的岸边果真摇曳着许多去年留下来的干黄的芦苇秸子。可以想见当秋风起时，这河的两岸将开满芦花，河面上会吹拂飘荡着点点白色花絮，而现在这干黄芦苇是这绿意蒙蒙之中唯一的枯萎之色。

过了苕溪，就看见林学院了。

校门异常低矮，几乎可以想象成一道竹篱。公交车一直开进校园深处的腹地，停在一个广场上，从上面下来的自然基本上都是本校师生。能把公交车开进深深校园里面去的，在全国高校中这一定是独一无二的。

从校门口到山脚下的学生宿舍地面落差为七十四米。这是一座与山水同在的校园，课堂开在了大自然中，山在校园里，校园也在山里。这里有林学系、园林系和生态游憩系，我想我如果还年轻得足够重新选择，我会选择它们中的任何一个专业来学习，只为了能够长年生活在这绿茫茫雨蒙蒙的山中。

我打算在这里住下来，是那种小住。小住不必客套和奢华，不会让人像在大酒店里一样产生身世飘摇和人生如梦之感，小住应该有着日常家居的平实，同时又不失相聚唱酬的雅致，那氛围，该有夹竹桃掩映的柴扉，该有墙缝中青苔的洇漫、蕨类生长在井栏，该有环佩叮当裙裾妖娆。是小住，天数自然要恰到好处，不至于短到仓促，成为手忙脚乱的过客，也不至于长久得令主人生出倦意。小住会使得主宾相宜，在兴致酣畅之后，还留下了浮想的余地，小住是值得挽留的，还没有别离就约好了下次再来，“待桂花飘香菱角熟了，盼再来敝乡一游再到寒舍一叙”。

山里的时日是缓慢的，像一个长长的却又不够陡峭的大坡，夹杂着雨丝的日脚并不多么明亮，有些费劲地在这大坡上面一点儿一点儿地移着。从清晨到薄暮的距离在感觉里要比山外的长出整整一倍来，那是浸在鸟鸣里的安静和人烟稀少造成的吧。这里的夜晚也要在断续的蛙声里长出那么一截——我第一次知道在南方即使是春天也会有蛙鸣的，只是叫声微弱，远没有夏季里那么热烈——要多做好几出好几幕的梦才能把晨曦盼上窗帘。这山中的速度恰好是我心灵的速度，这是一个提速的时代，但依然有些事物固执地保持了原来的缓慢。

我听说这学校里的不少专业是开设文学课的，我想这真是对了的，文学离不了植物，植物也与文学很近，我的老乡孔子就提议过“多识于鸟兽草木之名”。学生们实在是应该把栽花当种田（“把弹琴当功课”就不必了），应该一边植树植草一边作诗——如果可能的话，我说的是如果可能——我愿意到这里来工作，我将给学林业的学生们开设一门叫《诗歌与植物》的选修课，第一章节我要讲的是“《诗经》里的植物种类”，比如“蒹葭苍苍，白露为霜”“参差荇菜，左右流之”，还有“采薇采薇，薇亦作止”“投我以桃，报之以李”……都是涉及植物的；在第二章节我要讲的题目是“《楚辞》中香草美人的比兴传统”；再一章可以讲讲“婉约词与花草树木”，还可讲讲“《红楼梦》的植物图鉴”……我要以植物为坐标来串讲中国诗歌史乃至中国文学史，我想这是可行的，也算是林学院课程设置的一大特色吧。

我爱上了这里教工餐厅里的马兰头、竹笋咸肉、鸭舌、青团、东坡肉，还有餐厅地下超市里削了皮并截成一尺长的新鲜甘蔗。我不禁想起西晋的张季鹰为吴中老家的菰菜羹和鲈鱼脍而辞官还乡的故事，我觉得我虽无官可丢无爵可弃，倒也是可以为了这些美味而不辞长做这林学院的人。我是第一次吃到青团，据说也叫清明果，是用艾草汁糅合糯米面又裹了豆沙馅的，那种半透明的深绿让人想到玉，也许就是和田玉吧，吃到嘴里的是混合了青草香的绵软醇厚和微甜。北方的大饼油条只是为解决温饱问题的，而这里的饭食小小样样地摆出来，倒像是要催人即席赋诗一首的。后来我还真的写了那么几句，没有写青团，而是写了东坡肉："在楼外楼的送别午宴上，我多么爱那一小罐东坡肉。"

去吃饭时要爬一道很长很长的不拐弯的露天楼梯，才能到达教工餐厅。在那楼梯上走一程歇一歇，透过雨雾可以遥望到山间茶园，山坳里屋顶黑湿的人家，以及那飘浮在竹林上空的不合时宜的炊烟。我相信那里还隐藏着像熬中药一样缓慢而美的生活。一只燕子从眼前滑翔过去，在空中低低地擦出了一道锃亮的弧线，我听见了它的呢呢喃喃，那分明是越剧的唱腔，也许是"十八里相送到长亭"之类吧。这时候我想，如果把手里的三折自动伞换成油纸伞，把身上的西装皮鞋和风衣换成衣袂飘飘的长衫，把斜挎着的真皮坤包换成让书童挑着的书担行囊，头上呢再绾起一个髻，那么我就会不由自主地管走在身边的男士叫上一声"梁兄"了。在我看来，在这个学校里同窗共读的人，男生应该都姓梁，女生应该都姓祝。那阶梯真的够长，感觉有点儿像爬泰山十八盘了，把吃饭弄得像朝圣，本来还不算饿，等爬上去就饥肠辘辘了。

这一定是全中国最绿的学校。它其实已经不像是一个学校了，而更像是一个山中林场，那些青砖或红砖的小楼也大都罩在藤蔓的烟雾里。在地广人稀的校园里闲庭信步，我难以区分我听到的是我的呼吸还是树的呼吸。据说校园内有两千八百多种植物，可是我只认出了山茶、玉兰、竹子、柳树、香樟树，当然还有那贴着地面的满满的石竹花和荠菜。为了叫出那些植物的名字，真恨不得马上嫁给一个学林业的男人。植物散发出特有的苦香气息，使得我安静下来，仿佛这些树明白我在这个春天里所遭遇的变故，晓得我具体的疼处，它们默默地抚慰着我，对我起着镇痛作用。在这里，我愿意比不远处那湖上的波纹更寂寞。在这里我愿意只对一棵枫香树说出我的全部想法。一只蝴蝶停留在一朵曼陀罗花上，衬着的背景是广大无边的天空，潮润的、灰白的天空。一架喷气式飞机正从头顶飞过，留下一道白色雾线，又渐渐地在风中消散开去，变得越来越淡了，飞机飞到山的那一边去了，我站在大地上孤零零地仰望它的时候，感到自己那么小那么小，仿佛是被它抛弃了的。

黄昏时路过教学楼旁边的一个小山包包，上面竟全是用黑色塑料袋捆扎得严严实实的高度不超过一米的棵子，大约是正在培育着的需要避光的植物，猛地望过去，它们竟像是一群躬着身子埋伏在那里的蒙面大盗。我以为在这样的山里，除了生活着儒者和诗人，理所当然还应该隐藏着壮志未酬的剑侠，也许是北宋末年从水泊梁山千里迢迢跑来潜伏下来的，身上携带着蒙汗药和盖了济州府大红印的密函或告示。

天完全黑下来时走在校园里就有些阴森了，本来就不多的学生们不知躲到什么角落里去了，也许在教室图书馆各就各位吧。在湖边好不容易遇上一个坐在木椅上捧着书在使劲辨认的人，书页映着从远处人行道上透过柳丝照过来的十分昏暗的路灯的光亮，我感到纳闷，难道他不是在读字，而是在摸字，他读的是盲文？ 湖边的咖啡座没有人，我们走过去，在洁净的木桌前坐下，有学生模样的侍者马上就走了过来。喝咖啡的是我们三个人，两女一男，一个来自齐鲁，一个来自西北，一个是江南土著，其实并不十分相熟，却说着各自的方言，幅员辽阔地坐在了一起，让这春夜里闲适的小风充当着翻译。回廊的灯光酽酽地映在湖里，我听到自己的轻笑从水面上掠过，只沾湿了那么一个小角。

我在这山中校园小住。我无论睡在有红顶的楼里，还是坐在宽大的餐厅中，或者站在回廊下，都会有一种生活在露天的感觉，似乎头顶上所有瓦片都遮挡不住外面的空旷和幽静，其实也无须遮挡，瓦片里面的与瓦片外面的原本就是一体的。那被风撕碎的云彩多么美，可以看成是天花板上的图案，那些小山呢，以唐诗宋词为根，绿绿地长在周围，近得几乎可以拿来当枕头，刚刚泡的龙井茶放在书桌上，坐在这书桌前稍一歪头便可瞥见窗外的山间茶园，其实这书桌亦可看成茶园，是那山间茶园向着教工宿舍延伸过来的部分。

这里的天空完全没有北方天空的高蹈和深信不疑，而是半明半暗，有着琐屑的生动和世俗化了的优雅，看上去显得更低，离人间更近，有时呈现出一种慢吞吞的霞红暗绿和紫黑，仿佛天上有一个厨房，在细细地切着并搅拌着葱姜蒜等各式各样的调料。那时断时续地飘下来的雨丝，落在我的身上，我感觉它们是在用文白夹杂的汉语跟我交流，从秦汉到魏晋，再到唐宋，直至明清，这江南的雨从来没有忘记过自己的母语。

我就这样以湿漉漉的青山碧水为屏障，躲开了外面的生活。植物葱茏，人亦氤氲起来，衣袖竟被染绿了。如果我在这里长期住下去，山外面是没有人会惦记我的，那曾经时时刻刻惦念着我的人如今也已不在意我去了哪里。我愿像这烟雨之中的群山一样，在被忘掉时，依然自顾自地绿下去。

然而我还是得离开了，这次出走和漂泊的尽头是一座江边古塔，在那里我决定让我的“小住”结束。

我去一个小店里买了一大堆或烤或腌的笋丝和笋干，那鲜香穿透了简易的塑料包装，竟使我产生了一种怀乡病似的软弱的渴望。这里的人顿顿以笋为食，几乎与熊猫同类，大约相当于我们北边的大白菜。我把这些北边看作的稀罕之物放到我的“书担行囊”里，准备启程。

我要走了，“梁兄”去车站送我和我的女友，我弄不清在我和我的女友中，哪个该姓祝，哪个该是由侍女扮成书童的银心。我要从这小城坐快客去一座大城，在那里再乘上波音737，在祖国天空上勇往直前，由南往北画一条直线。

那些相挽的桥和堤，送了我一程又一程。

2005年4月

# 徘徊在城南

我又看见了他：他四十岁上下，身材高大，骨骼匀称，一脸肃穆。他似乎喜欢夏行冬令，刚入夏时穿过一身破棉袄，现在盛夏了，他穿着的是从垃圾箱里捡来的一套厚厚的黑色呢西装，与此相配，又用同样是捡来的一簇亮闪闪米色丝绒窗帘布在脖子里挽起来，系成了一个特大号自制领带；他的鞋子已经破烂得看不出质地，不知是皮鞋布鞋还是胶鞋，鞋子很不合尺寸，脚趾全部大大咧咧地露在了外面；他的帽子呢，实在太与众不同了，用好几个盛装化肥的塑料编织袋子盘旋着扎系在一起，形成一个大大的环形，套在头顶上，帽檐厚实宽敞，很像18世纪西方歌舞剧里王公贵族的帽子。他的头发不长不短，乱蓬蓬的，像刺猬，而胡子却不知为何剃得干干净净。

他就这样一身奇异装扮，走在城南大街上，穿过喧闹的菜市场，如同穿过无人区。他从不东张西望，对道路两旁的市井生活从未表示过兴趣。他从不打算正眼瞧这个世界一眼，他既不昂首阔步也不低眉顺眼，只是迈着匀速的步子旁若无人地走着，不卑不亢。

他总是在这个小区及其附近转悠，活动范围就是我们城南这片位于山间的市区，半径大约不超过五华里。他每天都在这城南徘徊，步态雍容。他的外表打扮貌似济公，但又没有丝毫济公的嬉皮劲头儿和反讽意味，我只能说，我只能说他实在是很有一些魏晋风度的。

有一天，他的胸前竟多出一朵绢花来，端端正正地别在左胸，是那种两三片绿叶衬托着的大红花，下面还有一条小飘带，用烫金字写着“新郎”或者“先进工作者”之类，具体写了什么字样，因为距离不够近，我没能看清楚。这朵从垃圾箱里淘来的大红花如此隆重地被别在他胸前，他的身上终于多出了一抹亮色，竟如此鲜艳夺目，这是他的审美，很有些后现代或者黑色幽默。

经过长期观察，我发现他心智正常，绝不是一个精神病患者，他的举止动作和表情从来没有出格的时候，从无扰乱社会秩序的迹象，他很守交通规则，他甚至很懂事，经过河上一座窄窄小桥时还会主动给老人或小狗让路。他脸上带着永远不变的沉静和温和，只是有时候略显凝重些，明显是在思索，像哲学家一样为了某个命题心事满腹。这个地地道道的无家可归的流浪者，他身上的文明和自律，还有那么一点儿不易察觉的书卷气，又表明他很可能是一个知识分子。

他绝不当乞丐，街上有许多卖食品的摊点店铺，他从来没有流露出过艳羡的表情，他在穷困得一无所有时仍保持着相当的自尊；他显然以捡垃圾箱里的衣食为生，但他绝不是那种在城市边缘以此为职业来谋生的拾荒者，从来没见他与小区里骑三轮收购废品的人打过任何交道，他捡垃圾只为自给自足，没有丝毫囤积这些可变废为宝的东西化为财物让自己过得比现在更好的打算。

他永远没有同伙，总是孤单一人，真正是独行独坐独唱独酬还独卧，他看上去却似乎很充实，从来没有流露过烦躁不安，或产生过跟任何人交流倾诉的愿望。我想他应该不是哑巴，他走在街上总能灵敏地躲开汽车和人，这说明他的听力是好的，根据十哑九聋的说法，还根据哑巴的面部普遍特征来分析判断，他都不应该是哑巴。他一定是会说话的，只是我从来没有听见他跟任何人讲过话罢了。我常常设想，如果有一天，他忽然抬起头或转过身来，望着我，张开了嘴巴，会说什么呢?

小区里有一条从山上延伸下来的沟壑，沟壑被顺势修成了排水河道，山洪雨水污水全从那里走，河上架了桥，他常在那些桥洞子附近转悠，那里是被遗弃的野狗野猫的家，我疑心那里也是他的家了。但是去年冬天的一个夜晚，我发现了他的另外一个住处。大约九点钟，我坐公交车从外面回来，正冲着公交车站牌，在大学门口，在一个柜员机服务厅和一个店铺相交界的凹进去的空地上，我发现他躺在那里睡觉，那里离人行道只有两三米远。他穿着平时穿的那身行头，身上什么也没有盖，仿佛是为了尽可能少地占据地球上的土地面积，他脸朝向里面，四肢尽可能地保持紧凑状态，姿势文雅地躺在地上，已经进入了梦乡。他的身旁，靠近头部的一侧，摆放着他在这个世界上的全部财产：一个搪瓷缸子、一小摞叠起的衣裳、一圈塑料绳子、两个香烟盒、三五本旧书刊……它们摆放得整整齐齐规规矩矩，一看就是细心收拾过的。正是数九寒天，他竟不怕冷，又是在这样一个交通要塞，汽车的声音吵得翻天，人来人往，他竟能不被打扰。他的头上没有屋顶，如果夜里下雪，就会把他覆盖住，把他染成白色的，他也从来不担心有人来抢他偷他，他真的是高枕无忧。他睡得那样安静踏实，以致令我产生幻觉，他是我们这个城市里最富有的人，也许他是把这整个繁华的城南都当成了他自家的房地产。

我疑心他是蔑视我的。每当我遇见他，并出神地盯着他看，而他却从不肯瞥我一眼以至无知无觉，我都疑心他是蔑视我的。说不清楚，我就觉得他有充足的理由蔑视我，蔑视我这个房产证藏在箱子里、包里装着好几张银联卡、冬天必须有暖气夏天必须吹空调、出门还要打遮阳伞、为买一件跟花裙子相配的T恤而跑遍全城、每天吃水果的小女人。

不久前一个炎热的晌午，我几乎接近了他。我从小区的建设银行出来，小心翼翼地揣着一沓人民币。我看见他盘腿坐在人行道的林荫树下，手里拿着一只中性笔，正在膝盖上的一张白纸上写写画画。他低着头，神情专注，头顶上知了的嘶哑叫声使得晌午更加深深地陷入了寂静。我慢慢走近他，我的脚步谨慎，生怕他会忽然抬起头来，冲我大吼一声，命令我走开。距离在一点儿一点儿地缩小着，同时我把脖子伸长过去，我几乎看见那纸上的笔画了，我想也许他写得一手好字，嗯，也许他在写诗，他写的可是流浪异乡的感想？我已经离他很近了，可是我必须走得更近些才能将纸上的字看清，这时候我却停了下来，我忽然感到害羞和自卑，我快快地走开了。

我对他做过各式各样的猜测。他是谁，叫什么名字，本来是做什么职业的，他从哪里来，要到哪里去？他选择这个城市的南部久久不肯离去的原因是什么，他有什么需要兑现的人生约定，他在等待什么人吗？是恋爱事件、政治事件，还是要案缠身，或者理想受挫，使他不得不选择了今天这样隐姓埋名背弃大众的生活方式？他肢体健康神智正常，却不去找个工作养活自己，也是由于那个隐情吧？还有，究竟是什么使他每天都活得那样自信和心安理得，以致有那么一瞬间让我在恍惚之中误以为他是艺术家在体验生活。

已经有相当长时间了，我弄不清是五年八年还是十年，总之是相当长时间了，他就在我家附近的区域平静地生活着。我从来不曾同情过他，从第一次看见他，我就没有同情过他，或许从一开始我就意识到他其实比我强大，而且我越来越觉得，如果我和他之间有一个人是需要同情的，那么这个人应当是我。

我几乎天天遇见他，对他行注目礼，可他从来没有正眼瞧过我一眼。是的，他从来没有正眼瞧过这个世界上任何人一眼。这是真的，他连眼珠子都不曾转过去过。

2008年6月

# 墓

## 一

我如此贪恋这个世界，以至于要偶尔去墓地走动，就像在深渊边上徘徊；我爱这活着的时候，但要在想到死时才会爱，尤其在墓前爱得最厉害。

一个典型的公墓会使偶尔来访的生者置于恍惚之中，似乎旅行了许多年才到达该地。这里大块大块镶砌的巨石似乎毫无重量，只是一大片覆盖着石头的辽阔的虚无，而穿过密密松林的风却沉甸甸的，云呢，属于壁画里中了蛊的朵朵图案，一动不动地悬挂着，有些偏西的阳光在山坡上打着瞌睡，使得影子与影子相叠加。伴随着蕨或者苔藓发出的潮润的叹息，这里的寂静发出了灰白的光芒，那些为了纪念而立起的碑不知为何却流露出了遗忘的神情，由日常倦意而至终古寂寥。站在一个边缘的角度定睛良久，望过去，成百上千的碑，历历的，高高低低，全部与地面垂直，刹那间，石头的重量像是又返回到它们自己的里面去了，并且集体生出了搬运大地的欲望。此时此刻上帝的目光正注视着这里，他叫我们——无论死者还是生者——为了他的荣耀，都抬起头来仰望。

由于牛顿的万有引力定律，人类无论生死，躯体都将以这样或那样的物质形式永远地被吸附在地球上，终归于尘土。与此同时，二十一克灵魂则轻盈地飞离出去，通过教堂尖顶或者寺庙翘檐而到达了某个不可知的高处的地方。肉体会留存在墓里，墓实实在在地摆放在那里，拥有一个具体地点、确切形状和固定体积，它可以被看成是人类身体除却衣裳、车辆、房屋之外的另一层外在包裹，一种永久性的包裹，一个难以更换和无法逆转的包裹，一个命中注定的包裹。也有少数人不需要这样一层外在包裹，由于这样那样的原因，他们存留洒落在了江河湖海或者某块陆地的不确定的角落，比如，那跳了汨罗江的诗人屈原，我们只好在感觉里把整条江当了他的坟墓。

确切来讲，墓地又不是人类任何一种实际空间意义上的包裹，它不是衣裳，不是车辆，不是房屋，它的性质无法归入任何具有笼罩功用的物质和容器。它在本质上似乎是介于家居和庙宇之间的一个非典型建筑，也许更接近于一个象征符号，一种形而上学的存在，一个礼仪记号，一个人生之外的有暗示功能的微缩宇宙，它更属于幻想的范畴和超验的表述，它使得无形的弥漫的哀痛演化成了一个有形的客观寄托物而最终得以缓解并被记录下来。

墓可以是土坑、洞穴或者秘室。如果仅仅作为一个掩体而存在，那么采用什么形状和装饰其实并不十分重要，只有把墓当成人类的某种观念和信仰来进行表达时，它的样式才被赋予了重要意义。无论坟墓采用何种样式来作为一个记号，对于生者，墓地都不仅仅有着纪念和反省之用。一个人站在墓前，会将存在与虚无转化成个体情感，又使个体情感走向审美超越。透过墓地，可以更清楚地看见生，让死成为生的动力，让死增加生的深刻度。在挽歌里，对生之存在的感受，从来比任何主题的吟唱都有着更深的深情。真正隔开生者和死者的其实不是生离死别，而只是时间的厚度，这个厚度一直在不停地累积，当这厚度到达某个程度，当某个死亡不再是一个曾经的事件，不再令人唏嘘、感慨和紧张，而成为一个呆滞的、缓慢的、不透气的、无声息的、不再被谈起的一抹遥远和一团模糊，那么有什么东西可以作为凭据来确凿无疑地证明某个人曾经来过这世上并且活过？同时无论多么久远、静寂和安详的墓地，在开满鲜花的幽谷，在阳光灿烂碧草青青的原野，在可听海涛声声的松林，空气里都会散发着一种持续的不安，这种不安来自永恒的提问：我们活着的意义究竟是什么呢？

活着是暂时的，而死是永远的；纪念是相对的，而忘却是绝对的——同时这暂时和永远、这相对和绝对又是相互依存的，彼此慰藉着的，所以在死和忘却之间，我们活着并且纪念着，于是人类需要墓地。那是一个人穿过无数道门，最后进入的那个门，一旦关闭便永远关闭。立一个碑在那里，上面刻着这个人的简略信息，那是一个人曾经活过的痕迹，也可将个体从群体里区别开来，碑上标注了出生日期和死亡日期，中间隔了半个破折号来遥遥相望，这半个破折号像一条道路，表示一生，无论什么样的茫茫岁月和沧桑经历，无论怎样凡俗安稳或者波澜壮阔，无论长寿还是夭折，在这里都统统被概括成了这半个硬邦邦的、不拐弯的、短促的破折号，隔着这半个破折号的路径，死亡日期似乎总是想朝着出生日期返回，沿途寻找失落的一切，可是一切都在哪里呢？似乎都不存在了。

在常见的自然材质里，最坚硬的当属石头，似乎只有石头可以想当然地与虚妄的时间相抗衡，所以一般墓地都离不开石头。那些用来做了墓石和墓碑的石头，也许很羡慕用来建房铺路的石头们的热闹和明亮吧，而反过来那些建房铺路的石头或许也羡慕着墓地里的石头的清寂了，总能安静独处，日日做着充满终极关怀的哲学思考。在这里，石头被切割成各种形状，或仰或卧或立，吸收着地下的死亡中的营养，死亡在石头下面幽暗的泥里沉没着，发酵着，滋养了泥土，泥土会产生一种黏稠的力量，在不知不觉中往上方传送，想将石头缓缓移动，通常从这类石缝和堆土中生长出来的草茎和花总是比其他地方的更鲜亮更明艳，并且仿佛——永不凋残。

整个宇宙不过是由意象和符号组成的，而墓地是其中沉哀、阴郁和荒凉的那一部分，它也是美丽的。

## 二

六岁之前，我寄住在姥姥姥爷家。村子很小，是一处高爽台地之上的洼地，背靠群山，面朝一条蜿蜒河流。有一个旧旧的大土堆高耸在村子中央，把村子分成了东西两部分。紧挨着大土堆，旁边有几户人家，大土堆几乎与屋顶同高，猪圈直接依大土堆而建，可以直接从上面铲了那好土来给猪垫栏，猪们有福了，它们的褥子可谓松软绵厚。那个大土堆离我们家不过百米远。夏夜，从后村舅舅家里聊完了天，大人牵着我的手往自己家走，稀少的几颗星星支撑着天幕，月光像舅舅做木工活时削出来的刨花那样新鲜，山林间的猫头鹰发出呜咕呜咕的叫声，听上去是婴孩在笑。踩着月光走，我脚步轻盈。走到大土堆那里时，就该拐弯了，“走到王坟了。”我姥爷随意嘟囔着。“王坟是什么？”我认真地问。姥爷愣了一下，停了一会儿，显然不知道怎么解释，又随意嘟囔着：“一个大人物的坟。”我又问：“什么大人物？”姥爷就有点儿不耐烦了，“就是一个大人物呗。”

我常常跑到王坟那里去玩。上面植被不多，孩子们玩攻占山头的游戏，冲上坟头再冲下坟头。南面有一个入口，巨大的石门已经不知何时被移开了，有一天我和几个小伙伴钻了进去，啊，里面好宽敞，完全可以住上一大家子人，尽头有两张巨石大床，对称地放置。暑天时，待在里面很凉爽，可以不用蒲扇，也不会出汗。这算得上是小村里的一个避暑胜地了。后来大人吓唬我说："不准再去钻王坟了，那里面有长虫（蛇）。"于是我就吓得不敢去了。长大以后，我去寻找过碑刻，企图发现文字记载，却无影无踪，墓的侧面有几个不规则的盗洞。询问过村里的很多老人，这究竟是什么时候的坟，是谁的坟，先有坟呢还是先有村呢，却没有人能够告诉我。我问我妈，我妈说她小时候也钻进去玩过，似乎还见过坛子罐子之类，其他一概不知。我查了一些资料，无果。许多年过去了，有一天我借助网络发现了仅有的一条模糊线索，接下来又做了一番功课，顺藤摸瓜，终于在一天半夜里搞清楚了：里面埋的是明朝皇帝明英宗朱祁镇的一个嫡系玄孙！

我兴奋地从书桌前站起来，拿着几张乱写乱画的纸张冲到卧室里去找我妈，我妈刚吃了安眠药睡着了，我把她叫醒，通告这个我疑惑了四十年才弄明白的答案，我妈睁开眼睛说："当初你为什么不去念考古系？"

从此，再想到那个小村时，忽然感觉跟过去就不太一样了，跟漫漫中国古代历史联系在了一起，有了宫闱秘事和封藩之争，有了色彩斑驳的盛世悲歌，一个又一个年代数字从小村明晃晃的天空中掠过，消失在时间的荒寒之中，一直来到了今天。同时我的童年也似乎一下子找到了新的坐标系，在公共时间银行里存上了一小笔款项，儿时旧事在记忆中也不再只是一个有图案的平面，而是在透视空间中增加了层次，造成了景深。

1973年1月，也就是在我三岁零一个月的时候，我的姥姥去世了。老宅的每扇房门上都贴了白纸条，都是斜斜地贴的，我还纳闷，为什么要斜着贴？棺木漆成锃亮的黑色，停放在堂屋正中央，高的那头朝向屋外，低的那头朝着里面。出殡时间是午后三点多，冬天的太阳已经有些偏西，许多人从外面往屋子里拥，把门口堵得严严实实，我人太小，怎么也挤不进屋去。那天下午我站立的具体位置，是在老祖宅的堂屋门口西侧，挨着厢房窗棂，脚下踩着一块形状不规则的石板，由于寒冷，那块石板在我的灯芯绒布面的棉鞋下闪闪发亮。那天我一直闹着喊着，强烈要求跟着队伍到田野里去看姥姥下葬，一个本家小姨只好把我抱了去。我眼睁睁地看着冬天生硬的泥土被掘开来，由碎青石块垒成的梯田崖壁上打开来一个洞口，姥姥的棺木被缓缓推放进去，我一边看一边想，姥姥在那里面，是不是很舒适？后来外面又培起了一个土堆，坟头上斜放了一个贫寒的花圈，纸花朵在冷风里哆嗦着。那天我穿着墨绿色方格子的工装棉裤，头戴着一顶手织毛线帽子，帽子上有两根飘带，拴系在脖子下方，末端是两个实心毛线球球，上面有我抹的鼻涕。帽子是紫红色的，里面夹杂着少量黑毛线，编构成了简单花纹[illegible]次我跟妈妈讲起过那天的场景，当我说到一些细枝末节以及我[illegible]特征时，把她吓了一大跳，她像看一个怪物似的看着我，“你那时候只有三岁，怎么可能记得这些？”但是我绝对没有编造，那的的确确是我自己记住的。

打那以后，村里不管谁家死了人，我必跟着出殡的队伍跑到坡地里去，把整个下葬过程一丝不漏地从头看到尾。如今回想起来，我并不认为一个小孩子会从心底里喜欢看死人下葬这件事情，我对这件事情其实既好奇又恐惧，并且恐惧远远大于好奇，之所以欲罢不能，大约是天生就过于贪生怕死，以致患上了某种强迫症，潜意识里是想通过以旁观者身份来观看他者的死亡，来确认自己的的确确还在活着这件快乐的事实，同时对自我进行心理操练，以迎接我朦朦胧胧意识到的将来随时可能降临的生命不测。我当然并不确切地知道死是什么，但这并不妨碍死在我的身体里秘密地工作着。小时候我对生命的过分珍爱，已经在家人亲戚之间传成了一个笑话。山村的道路崎岖，沟沟坎坎很多，每当走过一个崖壁，我都会远远地绕着走，同时指着说："那里，再也找不到妈妈了。"有时只是小得不能再小的仿佛有一点点陡的坡路，我也会小心翼翼地踮着脚走过，还要自言自语："这里，再也找不到妈妈了。"我把"死"非常具体和感性地理解成"再也找不到妈妈了"。有一次我跟着姥爷在野地里走，经过一家砖窑，砖快要烧好了的时候，从那高高的窑顶上自然而然地冒出轻烟来，在姥爷还没弄明白怎么回事的时候，我瞬间就不见了踪影，我一个人跳着跑出去很远很远，直到跑不动了才停下来，躲到一块麦茬儿地里，紧挨着地边上的石壁，匍匐下身子，双臂抱着脑袋，我姥爷哭笑不得地追过来，要把我揪出来，我却抱着脑袋，坚决不从，喊着："要爆炸了！"

清明时节，我尾随着大人去上坟，白杨挂穗，椿树苦香，柳絮轻扬，桃枝吐苞，蒿草萌长，荞麦青青，田野里静悄悄的，尽是花草的魂魄。大人点燃了黄表纸之后，在升腾的烟雾和噼啪作响的火光里，开始呜呜呜地哭，我的双眼则紧盯着坟前摆放的小盘小碟，那里面放着桃酥、饺子、藕盒、炸肉，这些本该摆在庭堂几案上的东西，突兀地放在荒野之中，看上去举目无亲。我知道等大人们哭完之后，我就可以开始吃那些东西了。我思想恍惚，心不在焉，神情懵懂，动作莽撞，却是一个专吃祭品供物的馋小孩儿。我原以为那些食物跟家里的不太一样，可能含有某种不祥的味道，刚塞进嘴里时，心里还有一丝怯怯的，而一旦吃起来，竟发现跟素常的饭菜没有什么不同，倒是沐着春光站在田埂上吃这些东西，还别有一番风味呢。田野里飘荡起食物的味道，渐渐压过了泥土和青草的气息，压过了悲伤。

有一次我有幸观看了一次村里人迁坟，从田埂上高高地向坑底看去，亲眼看见了腐坏散架的棺板，以及暴露出来的整体的骨骸。那头盖骨、牙齿、肢关节，都闪烁着白色的幽光，寒意袭人。他们小心翼翼地把骨骸用白绸布包了，重新装殓进新的油漆棺木，挪到另一个地方去，重新举行了安葬仪式。许多年以后，我还能记得起那一小堆骨骸的色泽以及排列方式，206块骨头应该一块也不少，我无端地觉着它们像一副麻将牌。那是人类的另一种模样，是另一类的象形文字，它包含着跨度很大的隐喻，可能是这样的：欲望的本质其实是恐惧。

我六岁时离开小村回城里上学，而真正跟那个小村失去联系，是在姥爷去世以后，也就是在我三十二岁那年。姥爷很幸运地赶上了政策的空档，可以不火葬，允许土葬，他被葬在了当年他经常带着幼小的我去放牛的那个山坡上，一个向阳的崖根，一棵老柿树下。我在棺木里放进了他的假牙、他爱听的戏曲磁带、他天天用的舒喘灵气雾剂，在棺木盖子即将钉死的那一刻，我忽然想跑过去最后看他一眼，我怕岁月太漫长，忘记了他的模样。在北方深冬那面黄肌瘦的野外，风从地上刮往天上，我亲眼看着他下葬，看着地球如何使出九点八千克的力气将他吞了下去。我的童年一直寄存在他那里，而现在也跟着一起被埋藏了。他去了另一个国度，去往那里的路径凄迷，在任何一张地图上都无法找到。

接下来是父亲的死，他在六十二岁上死于车祸。父亲带日历的手表由于在车祸中被剧烈震荡而损坏，永远停摆在了2005年10月1日中午1点37分，记录下了那个致命的时刻。父亲的骨灰是在去世三年之后才被安葬的。那个公墓背山面河，水草丰美，白鹭在行道树顶上向下张望，白色翅膀偶尔在空中划过时像一道闪电。令人不满意的方面是，所有墓和碑的设计方式都整齐划一和雷同单调，像同一个流水线上同一个车床生产出来的型号相同的零件，用最大公约数把个体特征抹平，让人想起应试教育体制下的标准答案。安放骨灰盒那天晌午，我心里紧张，感到天上明晃晃的太阳随时都会黯淡下来或者熄灭。抱着骨灰盒，跟在石匠后面走，朝向脚下台阶的视线被怀中那个盒子挡住了，我老觉得稍有不慎，会一脚踩空，把骨灰盒摔在地上，弄撒出来，那样我就成了千古第一不孝之女。放置骨灰盒时出了乱子，骨灰盒是玻璃的，盖子是靠四周小型滑轮扣压进固定凹槽里去的，在颠簸过程中错了位，竟然不再严丝合缝，怎么也扣不上了，我们三个孩子轮流趴到地上，艰难地将胳膊伸进洞穴里去，手伸到红绸布底下去修理机关，最后终于在我的手中听到“咔嘣”一声，才算关严了。父亲的碑文简洁至极，而与他相邻的那位先生的碑文，则无比繁杂且令人叫绝，上面密密麻麻地用小楷刻写了不少于一千字，写的全是他的奋斗历程，出身贫苦，后来参军，参加过什么战斗，历任炊事班班长、排长、连长，转业后又担任过这样那样的领导职务，级别高至正处级，评过多少次先进工作者，获得过什么荣誉称号，担任过诸种社会职务，拥有各类头衔，以及被什么要人接见过……上面的伟大成就几乎快把那块大理石压弯了腰。我想，以此类推，我们系里的老师们在百年之后的墓碑上，则应该刻上获得过什么学位，属于几级教授几等岗位，在CSSCI核心刊物上发表过多少篇论文，出版过哪些学术专著，申请了哪些省级和国家级的课题，获过何种重要奖项，被邀请参加过这样那样的重要学术会议，曾在哪些国家访学，带过多少研究生，辅导过多少篇毕业论文……直到把一块可怜的石碑压垮。

我的父亲生得风风光光，死得轰轰烈烈，他并不认为死亡是什么禁忌话题，并常拿这事来开玩笑，他多次嘱咐我：“将来我上了年纪，如果瘫在床上不能动弹了，你一定要找一包耗子药把我毒死，这事就托付给你来办了！”从小到大，他无数次讲述同一个故事：我的一位本家老爷爷，在父母包办下早婚早育了之后，又考进了北大中文系，“一二·九”运动时，他辍学加入了中共地下党，后来成为南下干部，担任了1949年之后江苏省某个地级市的第一任市长，接下来他闹恋爱自由婚姻自主，跟北方老家的封建老婆坚决离了婚，又在南方找了一位知识女性再婚再育了，打那之后一直到死，他都拒绝回老家，只是按时往老家寄生活费。在他死后，他那北方老家封建老婆生的两个儿子已经长大成人，他们连夜赶到江苏，硬是把父亲的骨灰抢夺了回来，带回到北方老家村里，让他跟他们自己的母亲合葬了——他们用这种方式最终为自己夺回了父亲，最终为自己的母亲夺回了丈夫，故事就是以这样一个大团圆结局来讲完的，没有尾声。我的父亲每当讲到这里，就用幽幽的口气评价一句：“反了一辈子封建，最后还是跟自己老家的封建老婆埋在了一起。”每次听到最后这句话，我都要大笑不止，笑出眼泪来。看来人要择邻而居，也要择邻而葬，一个人葬在哪里以及与何人葬在一起，并不是完全无所谓的，并不是所有的对立都能在死亡里达成和解。死亡是结束，但死亡并不是真正放弃生命意义的本质和存在，死亡有没有可能是另一种再生呢？

我的父亲所在的墓园往北，是一个巨大山岗，根据考古，是齐景公之墓。从此，我的父亲跟春秋时期的人物没有什么不同了，他与帝王抵足而眠，都被称作古人了。在家里，给父亲扫墓是妹妹和弟弟的任务，尤其是妹妹，相当于我们家族的女祭司。安葬完父亲之后，至今我一次也没去过那里。我以我个人的方式来纪念父亲，写了一部十五万字的长篇小说献给他，我想用十五万个汉字为砖瓦为父亲建起一座文字的墓地。有几次我乘出租车偶然路过与那个公墓相邻的国道岔路口，我抬起头来望一眼那片坡地，在心里跟父亲打一声招呼，穿过田畴、湖泊和白杨幼林，父亲那双热爱自由的眼睛也一定看到了自己的女儿。

前不久传来消息，在没有被告之的前提下，我的父系家族的墓园在旧村改造中竟然被邻村建楼打地基的人明知故犯地破坏掉了，老爷爷老奶奶以及爷爷奶奶的墓被胡铲乱挖，又以推土机碾压过去，一切都消失了，就这样祖坟没有了。祖坟被挖，按照中国旧观念，这是多么大的奇耻大辱啊，家里人主张去打官司，我听了却很平静，权利自然应该去争取，可是从心理上来讲，没了祖坟又能怎样？由于诸种客观原因，我们都与父系家族比较疏远，即使有祖坟，我也不会迷信到认为它会保佑我们，另外，以我们家孩子的懒散和叛逆，在目前这个社会上均属边缘人士，满足于为稻粱谋且尚能糊口，谁都不曾梦想升官发财暴得大名，以至于出息巨大到使那祖坟冒出青烟来。

我苟活于人世。那么多亲人都永远安静了，我还在世上暂时地发出响声，成为已故列祖们派驻在这人间的代表，留存在世上的存根。我按部就班地往下活，佯装他们都还在，从表面看去，几乎看不出哀伤，其实这哀伤已经演变成了一种内在的哲学，一种不易察觉的神经官能症。在这个时代健忘的轰隆声里，我用我身上未完成的部分、剩余的部分来思念所有死去的亲人，直到有一天我与他们重逢在另一个世界。从这个意义来讲，我这个人——尚存暂存之人——才是他们真正的墓地，他们埋藏在了我的身体里、我的心里，同时我的记忆和讲述又是他们最好的碑与碑文。

## 三

上大学三年级时，我们中文系的实习内容很酷，系里组织全级同学一起去曲阜游玩半个月，要求每人赋诗一首，回来后当成实习报告交差。我们拜谒了孔夫子的墓，找了子思的墓，看了孔尚任的墓，寻了颜回的墓，最后大家出城，沿乡间土路步行了小半天，去了三皇五帝之一少昊的墓，少昊是黄帝之子，他的墓就是《史记》中记载的那个土堆云阳山，至于外面那层金字塔式的石砌陵坛是到了宋朝才修建的。我光着脚丫子爬上了那座石材无缝衔接、五十度倾角的高高陵坛，却无论如何也下不来了，老师只好派几个男同学上去联手解救我。那时我正暗恋同级一男生，他正站在陵坛下面看热闹，使我深感狼狈和害臊，想到了淑女的反义词正是我此时模样。可想而知，那次返校后，同学们的实习作业全部是在发思古之幽情，而我更是超额完成了任务。

我跟父亲一起去过姜子牙的衣冠冢，我还到管仲墓去春游过，我曾路过晏婴墓，我还远远瞥了一眼孔融的墓，这些墓都是在我上初中时在齐国故都见到的。在我眼里，它们不过就是农田里一个又一个高大的土堆，长满荒草野树。初中历史讲到春秋战国时，从校园里抬头即可遥望齐威王、齐宣王、齐襄王、齐桓公等人的高大墓冢，这历史课不想学好都不可能了，走在校园里，我时时疑心脚下埋着历史课本上刚刚讲到的某个人物和他的青铜剑。

20世纪90年代，我和一位闺蜜一起去了陕西。三伏天，整整一个星期，我们俩马不停蹄地看了这墓看那墓，跑得腿都细了。最后我总结发言："陕西之行，就是来上坟。"其中留下印象最深的墓地是茂陵、霍去病墓、永泰公主墓和乾陵。

去茂陵时，我们先坐中巴，后来又从当地农民那里雇了一辆人力三轮车，从高大茂密的玉米地田埂上呼啦啦地穿过，玉米叶子夹着热风拂在脸上，有些痒和疼，那会子我们大胆轻率，忘记了世上还有人贩子和杀人越货之事。在广大玉米田的尽头，荒野之中，矗立着一座大型凸起的土堆，不了解内情者会以为这是一座中型天然土山，前面有一块简陋破损的带檐的青砖汉瓦碑，注明"茂陵"，提醒着这里是汉武帝的陵墓。盛夏晌午，太阳嗞啦嗞啦地烘烤着万物，稗草在四面八方呼吸，除此之外，八方阒然无声，来客仅有我们。从正面沿前人踩出的窄小土路爬到顶端，可瞭望周围平畴沃野。想到脚下沉睡着两千多年前的汉武帝刘彻先生，想到两千年光阴就这样被封锁幽闭在此时此刻脚下的黑暗空间里，我既风光又感慨，于是脚下生风，从侧面奔跑着冲下坡去，一人高的野菊丛在眼前摇来晃去，野槐的刺扎破了我的手指。

茂陵不远处就有霍去病墓，相比而言，那里有些人工化，竟出乎意料地有一个售票处，而我们依然是仅有的游人。霍去病墓由于被巨石碎石和松柏掩盖着，所以看上去不像堆土，而更像一座真正的小山，为纪念墓主功业而模拟祁连山的形状。这里静寂得想让人睡着，这是一种时间停顿了的静寂，这静寂里有一个叫霍去病的人，似乎自从西汉至今，时光再也没有向前流动过。墓园里的汉代石雕动物甚为可爱，依着石头原貌，只用极简轮廓就勾勒出气势和动感，古拙、天真、狂放，让人看了从心底发出会心的微笑，永难忘记。

至于武则天的孙女永泰公主之陵墓，可谓精美，据说她死时只有十七岁，是在政变中被赐毒死或缢死的，当时还是一位产妇。游人依然稀少到只有我们。沿着长长坡道一步一步地下到幽深的墓里，像是一点儿一点儿地前往并到达唐朝。两旁壁龛里放置着唐三彩雕塑，农夫、耕牛、乐俑和鸟类全部胖嘟嘟的，斑驳模糊的壁画上，描绘着贵族女子的日常生活，松松散散宽大随意的衣衫自由地勾勒出了丰满的身材和懒洋洋的体态。到达尽头的中心墓室，看见了石棺，正上方是圆形墓顶，雕绘着一幅模拟的银河系，上有太阳、月亮和灿烂星河，啊，年轻的永泰公主躺在那里，可以仰望星空。

再去乾陵，气势磅礴，墓与连绵山峰浑然一体，而那山体凸凹有致，与女人身体的生理特征颇为相近，似比喻则天女皇。但在我看来，整个选址建构实在是太浪费太夸张了，远超那个规模宏大、防御森严、极其奢华的明孝陵，在明孝陵我曾当场感慨："他以为他有什么了不起，他以为他是谁啊，他以为这样真的有用吗？"是的，流水青山过六朝，墓地建筑得越是盛大，越能让后人看到权势的消失殆尽；装饰得越是豪华，越能让后人看到荣华的云烟过矣，挖空心思地把生前辉煌带到墓里去，正体现出墓主人心理上苦心孤诣的虚弱和惨淡经营的局促，这里面没有任何真理。当然，墓地的文物考古价值则另当别论，可是没有任何一个墓主人是为考古价值而建墓的，谁也不愿意自己的墓有朝一日被挖掘开来，曝尸荒野，成为研究对象。那次在明孝陵，我对紧邻着的南面的梅花山发生了兴趣，那里曾经有过汪精卫墓，后来给炸掉了，我还是考证并找到了原址。在这个乾陵，让我感到的依然是人在至高者上帝面前的倨傲和不逊，那无字碑任人评说，其实也是不着一字尽得风流的意思，以及企图超越任何文字的傲慢，否则就不必使用这么一大块直冲云霄重达上百吨的精雕巨石来表达了，不如让这样一整块大石头一直待在大自然里，不被委以如此重任，任凭在阳光和雨水里一点点地磨蚀和风化着，它应当感到更快乐更自由吧。当然，鉴于武则天是中国历史上唯一女皇帝的缘故，从性别角度，我依然是喜欢她的，她那股任性的劲儿实在是给全中国女人争了一口气。墓前那近百个少数民族和外国使者的真人大小的石雕像，尤其让我兴奋不已，他们全部弄丢了头颅而只剩余了身子，脖子以上空空如也。我绕到任意一座石雕像背后，踮起脚尖来，正好让自己的脑袋和脸填充到那石雕像的断裂脖颈处，身子还是用石像的身子，头却是我的头了，我喊着让同行的闺蜜给我拍照，如是六次，她终于烦不胜烦，以呵斥来终止了我的荒诞行径。在离开乾陵下山的路上，看到当地两位上年纪的农妇坐在路旁，一边缝制一边出售手工的布老虎，每一只有婴儿枕头那么大，全部颜色鲜艳、憨态可掬，疑似有盛唐气象，任何墓地之中的至高荣耀都是灰暗和枯萎了的，而这艳阳之下的民间工艺却充满了生机勃勃的人间烟火气息，于此时此刻照亮了这深山幽谷。那年代商业意识尚未来得及沾染这片山野之地，我想买只布老虎带走，两个农妇谦虚地告诉我："三元一只。"我讨价还价地说："五元一只吧。"

那次陕西之行，我们没有看到上官婉儿墓，她的墓那时尚未被发现。多年以后的一个中秋，当我在网络上看到上官婉儿之墓在咸阳机场附近被挖掘出来的一连串新闻和图片时，激动莫名，遂让学生们每人据此赋诗一首，当成期中作业交上来，与此同时我也写了一首。结果是编辑出版专业的一名男生写得最好，评了第一，我只得了第二名。

中国大地上，原本就不缺古墓，一个很容易挖出古墓来的国家，过去、现在、将来的界线不甚分明，往往相互存在于彼此之中，纠缠不清，时间更像是一个混沌，甚至一个旋涡。对于一些中国近现代的墓，我也是每逢必看，这时候，一个人的感觉可以有更多的通往那里去的中介，不必单单依靠对于时间的想象去抵达，所以，“现在”就是此在，不会成为幻觉，“现在”不太容易掉进“过去”和“将来”的渊薮中去。

我曾两次赴苏州木渎镇，专访林昭之墓，那是一个沉重的过程。苏州已远不是诗词歌赋里那个柔软温润的苏州了，高新开发区的水泥厂房正把水墨画撕裂。她的安息地在远郊，一处几乎被废弃遗忘的老旧墓地，台阶弯绕，碎石历历，杂草茂长，夏虫纷飞，树干上绿苔斑斑，这反而是我喜欢的了，相信这也是林昭愿意的。最讨厌那种暴发户式的崭新墓园，从郊外石料厂批发和定做了相同型号相同模板相同字体的石板石狮子石碑，带着石头被硬硬地敲打凿磨时那些利器留下的鲜亮的痕迹，那痕迹是生生的痕迹，硬碴碴的，让人感受到那石头在被刀削斧劈时的疼痛，那些石粉飞末差不多就是从石头身上流下来的血。那种千篇一律的新开发墓园让人想起“树小墙新画不古”的居民新区。在离开林昭墓的路上，我的脑海里一直播放着一首民国老歌：“路不平风又大，命薄的桃花断送在车轮下……上海没有花，大家到龙华，龙华的桃花都回不了家……”

有一年夏天，乘车从广东增城去白云机场，走到中途，据说离银河公墓不远了，我提出来应该拐个弯去看一下萧红墓，车上无人响应。当时我很想中途下车自己去，无奈不熟悉地理，车又行驶在高速路上，还怕误了航班，只好忍痛割爱了，心里背诵着戴望舒写给萧红的诗：“走六小时寂寞的长途，/到你头边放一束红山茶，/我等待着，长夜漫漫，/你却卧听着海涛闲话。”我知道下次再来时，我一定会去看望萧红，我要一个人去，我不会在她墓前放红山茶，我要放一束丁香，那是她故乡哈尔滨的市花，只有那在无意之中散发着幽幽淡香的丁香花，那形态细细碎碎密密簇簇的丁香花，才是我心目中萧红的样子。

我一个人去过陶然亭，在那里找到了高石之墓。墓地不是我曾经在图片上看到过的古朴模样，明显是后来重修的，平整，簇新，汉白玉碑上刻写了闪闪发亮的黄金颜色的字，强烈地带着当下时代的审美特征，丝毫没有我期待的民国味。我并不见得多么喜欢石评梅，在我看来她的文字只不过是花哨文辞的堆砌。我绕墓地转悠了三圈，最后带着对高君宇先生深深的同情，离开了陶然亭。

我的一个好友刚刚调至青岛大学时，我去看望她。我们俩带着又得浮生半日闲的心情，去紧挨青大中心校区的浮山南麓散步。山上人很少，偶尔能见到几个恋爱的或者背书的学生。这是一座可以望见海的野山，山上到处都是海中礁石那样的淡褐色石头。我们走着走着，发现草丛中有一溜旧石阶，沿阶而上，两旁的树越来越密了，不远处出现了一个由矮矮石墙围起来的微型院落，没有门，气氛荒寂，进去之后发现有一个用一圈山石围起底座的扁圆形坟墓，上覆荒草，旁边有一个非常素朴的旧石碑，我俩同时凑过去，定睛一看，不得了，上面竟刻着“南海康先生之墓”！我俩简直不敢相信自己的眼睛，终于又寻到碑石背面更详细的说明文字，果然是戊戌变法的那个康有为，果然是国学大师康有为！蓝天丽日海边山坡，我俩与南海先生一起坐了一下午，记得我还提起了家里那本落着灰尘的《大同书》。偶尔抬起头来，看见一架波音客机飞过，飞得很低，正准备去机场降落。哦，青大的师生们有福了，与国学大师同住一个园子，青大中文系的师生们任重道远，可不能白白地跟国学大师比邻而居。

中国近现代史上的人物，其实我最喜欢的是鲁迅先生，最一往情深地热爱着的是胡适先生。台湾之行第二天，省掉午饭，略去逛淡水街，为的是挤出时间来，从大队伍逃跑，去谒胡适墓。一路上我在心里默诵着毛子水给他写的白话文墓志铭全文，那华茂的质朴，那语感里的加速度，让人怦然心动，记得第一次在书上读到时，热泪盈眶。“这里是胡适先生的墓，生于中华民国纪元前二十一年，卒于中华民国五十一年。这个为学术和文化的进步，为思想和言论的自由，为民族的尊荣，为人类的幸福而苦心焦虑、敝精劳神以致身死的人，现在在这里安息了。我们相信，形骸要化灰，陵谷也会变异，但现在墓中这位哲人所给予世界的光明，将永远存在。”及至到了那墓前，鞠了六个躬，同时心里竟自动冒出一句无比多情的话来：“君生我未生，我生君已逝。”我在胡适墓前拣了三块鹅卵石，准备带回去，一块放在自己书桌上，一块送给每学期都要讲《文学改良刍议》的闺蜜，还有一块放到多年前去过的上海虹口公园鲁迅先生墓前，让他俩以这种奇特方式重逢，对话民族命运。我把这三块宝贝鹅卵石日夜揣在随身背包里，连返程时在机场托运行李，也舍不得放入箱子，恐怕万一航空公司弄丢箱子，石头也就没有了，我的信念是：人在石头在。令我无法预料的是，这三块小石头在过安检时竟被当成投掷武器没收了，令我很沮丧伤心。就这样，胡适墓前的三块小石头最终没能通过桃园机场的安检而返回他在1949年4月6日永诀的中国大陆！

米沃什有一首诗叫《咖啡馆》，写于1944年华沙起义之后的那个冬天，他写活下来的自己对众多冤死的亡灵们的感受。作者并不把死者高抬成英雄，其实“人死为大”这种不平等视角恰恰是生者对死者的不尊重，忽略了死者的人类体温和个体差异，死者被尘封进百科全书或者凝固在最后话语最后一瞬中，生者还将在世上经历很多未来的新鲜事物。作者并不为自己属于生者而庆幸，生者在死者面前没有任何优越感，并无资格进行居高临下的评说，作者心中只有一大片带着疑虑和软弱的空白，最后亡灵转败为胜，死者有着被杀死在同类手中的经验和知识，而这正是生者绝对无法体验得到的。

我上小学时，校门口侧面有一个万人坑，也就是丛葬地，那应该是墓的另一种形式吧，属于潦草的集体墓。那里的土层常常会裸露出白骨来，我既害怕又好奇，如果单独走过，一定要高唱歌曲来给自己壮胆，后来在那大坑里建起一个派出所，我一个同班女同学那膀大腰圆的爸爸担任所长，那里常出现穿制服戴大盖帽的警察叔叔，阳刚之气压过了阴森之气。

南京有不少1937年留下来的丛葬地，立了一些纪念碑，而江东门一带的丛葬地上建起了侵华日军南京大屠杀遇难同胞纪念馆，那其实就是一个庞大的坟墓，我去过那里，我无法再去第二次，那样对自己对死者都太残忍了，我的曾祖父母不属于这三十万分之一，我的祖父母不属于这三十万分之一，我的父母不属于这三十万分之一，我的兄弟姊妹不属于这三十万分之一，我不属于这三十万分之一，但是——我们所有的人——又都可能属于这三十万分之一。我的中学历史老师在讲到这场屠杀时，在课堂上说到她自己恰好就出生在1937年的南京，她才满月不久，就随国民党机关迁往重庆了，刚走了一个星期，就发生了屠城。也就是说，她差一点儿就属于这三十万分之一了，差一点儿就成为那些丛葬地中的婴儿亡灵，她凝固在悲惨的瞬间，弱小的手臂挣扎着举起，呼吁着，寻求紧急出口。那时老师站在讲台上，我坐在下面望着她，脑海里浮现出画面：长江边，那个草木尚绿的暖冬，一个女婴在襁褓中，被匆匆抱上了飞机，朝大西南飞去，飞往重庆，而身后的金陵古城即刻变成了人间地狱。画外音是：世界之大，为什么偏偏是南京？

相对于墓地里的死者，墓地外面的生者常常过着一种自鸣得意的生活。其实，墓地和人世，这一个不过是那一个的倒影罢了，彼此望过去都荡漾着涟漪，但是，我们很难说，哪一个是现实的，哪一个是虚幻的。

## 四

比较中国墓地，我更喜欢逛西方的墓地。

从结构、设计和祭奠方式来看，中国墓地尤其是民间墓地表达的多是对世俗生活的依依不舍，对离去的不甘心和不罢休，纸扎的庭院房屋家畜家具电器车马侍女钱币，恨不得用尽象征、比拟、白描、铺排、对偶、叠音、伏笔、典故等一切修辞手法来模拟出人世间事无巨细的一切，同时通过腾起的火光和缭绕的烟雾送往彼岸，供在那边继续消费和享受。而西方的墓地更多表达的是终极关怀，表达宗教信仰，关注灵魂的飞升，对于天国的向往。西方人不像中国人那样对死亡充满忌讳，把死人远远地驱赶到荒山野外，将墓地建在渺无人烟的僻远之处，既进一步增加了死亡的阴森恐怖之感，又让生者忽略、回避以致忘却了死亡这件大事，误以为自己永远死不了，于是只需关注于眼前实际的生存。西方人将墓地放在离生者居所不远的地方，甚至干脆就建在热闹的市区里，建在自己家门口，墓地与后花园无异，可以成为人们小憩散步的场所甚至旅游胜地。中国人的“未知生，焉知死”，在西方人那里更换成了“未知死，焉知生”。

有一年春末夏初，在美国，我看到许多市区里的墓地，大都紧邻人行道或者靠近居家庭院，树木粗大繁茂婆娑，绿草茵茵鲜花盛开，而墓碑各异，似乎与死者在生前的个性有某种关联，有的墓前还放置着雕塑艺术品或卡通造型的饰物，温情脉脉，明亮可爱，好像死者从未离去。有一天，在中西部一个州，驱车刚刚出城，我忽然透过车窗看见了占地面积极大的一个军人墓地。蓝天丽日下，一个巨大的深棕色海军陆战队士兵金属雕像在墓园尽头昂然耸立，那些墓齐刷刷的、密密麻麻的。每一个墓都省去了墓基，只有白色石头制作成的粗大厚墩墩的十字架形状的墓碑直接插入齐整的草坪，十字架上镌刻着死去战士的信息。那是成千上万个墓啊，成千上万个十字架以同样姿势拔地而起又仰望天空。

还有一次，在冰岛。我早上拿着地图一个人出了门，很快就在雷克雅未克市中心找到了一处掩映在斑斓树丛里的公墓，齐腰的石头矮墙非常古旧，像是微缩了的耶路撒冷的墙，上刻着“Holavallagardur 1838”，是公墓的名字和创建年代。据说这里埋着三万人，在全国总人口只有二十多万的冰岛该是一个大墓地了。小铁门是关闭着的，我不知从哪儿进去，这时一个年轻女人领着一个四五岁的小女孩儿从墓园深处走了过来，等走近了，我打招呼并询问怎么进去，她俩笑着走过来把身边那小矮门一拉，那门就开了，原来门是虚掩着的。她们与我擦肩而过时，我注意到小女孩的长相和脸上的表情都像极了小天使。进了墓园，再也没有遇见其他人，某个墓前有一盆明显是刚放上去的新栽盆花，于是我认定刚才遇见的那小女孩和她的妈妈是来看望家中死去不久的亲人的。

我朝着公墓的纵深走去。正值秋末冬初，高纬度的天空低低的，微弱阳光几乎贴着地平线照射过来，把墓碑和树木笼罩在一抹淡淡的遐想和回忆里，天上忽然有很稀疏的雨点儿落下，地上的潮气也混合着浓重的植被气息弥漫上来，风吹过，使得空气有了生冷的味道。在我的观感里，冰岛的树木较少而且偏于矮和细，可是在这个古旧公墓里情形却例外，这里大约是这个国家大树集中的地方，最有趣的是，每一棵树几乎都是从一个个墓穴里直接生长出来的，可见树是在埋藏死者的同时种植的，似乎这树木是生与死的联结，死者通过根系和树干枝叶来探知人世间的消息，生命并未在死后终止，而是通过这繁茂大树继续生长着。较多的树是松柏、白杨和花楸，不加修剪，任其生长，随意而弯曲，保持生命的自然状态。花楸是欧洲花楸，在冰岛随处可见，说成国树也不过分，小小红果成簇成簇地聚在树梢，远看像大红花朵。海子写过《幸福的一日——致秋天的花楸树》，想必写的是此树的亚洲版了。秋天的花楸树叶子金黄，果子鲜红，看上去如此喜庆，在墓园里仿佛诉说着生之绚烂。

墓碑设计几乎没有相同的，这跟那些墓碑千篇一律的墓地相比，似乎更突出了在人人平等前提之下的个体生命的特异性，生前要尊重个体差异，死后同样也要尊重个体差异，而不是把逝去的生命用专制思维统一成一个集体主义符号，统统命名成“死者”来处理掉——那究其实还是对死者和生命的轻视。很多墓碑是以冰岛火山喷发形成的玄武岩为材料的，那种黑灰色的、有气孔构造的石头在冰岛满目皆是，有的人干脆把一大块这样的石头从野外直接搬来压在坟墓上当墓碑了，在原生态的石头上雕刻名字和生卒年，这倒是一种既偷懒又别致的墓碑制作方法。著名画家约翰内斯·卡瓦尔的墓碑是一块高大的六边角的竖着的柱形玄武岩，从粗线条上简单打磨过，并未讲究几何上的横平竖直和细部的光滑平整，大约跟画家描摹冰岛微妙的大自然风光时所表现出来的某种艺术精神有着相通之处吧。这种黑灰色玄武岩的众多小孔之中往往会长出各种苔藓和地衣来，随季节颜色变幻，这时节正是绿黄红相间，煞是好看，时间、岁月都记载在它们上面。还有一些以大理石、水泥和汉白玉作材质的墓碑，也是风格各异，有一个碑设计成了巨大的钢笔，笔尖直指天空，使我疑心这里埋的是一位作家。一块水泥墓碑上凸起了汉白玉浮雕，是两只紧紧相握的手，根据双方仅有的一小截衣袖来判断，一只是女人手，一只是男人手，在此代表爱与忠诚吧，是夫妻或恋人合葬墓。有一个尖顶玄武石平板上凸现一个巨大汉白玉雕像，一个带翅膀的天使长袍赤脚，以圣母姿态怀抱一个小孩子和一束花，渐渐远去——墓里埋着一个夭折的小孩儿，父母用这种方式跟亡儿建立起一种使之在记忆中永存并且可以保持联系的关系。有一个一人多高的汉白玉墓碑，雕的是一个衫垂带褪的女子以绝望而又信赖的姿势倚靠在一个粗壮的十字架上，其艺术性之高简直像从卢浮宫搬运来的——这里的人们生前爱艺术，死后仍爱艺术。所有墓碑上都有十字架，有的干脆以各种材质的十字架本身做了墓碑，极简陋的方式是把窄细的木质十字架以白油漆刷过，没有底座，直接插进泥地，在十字横竖相交的中央，钉上小金属牌，刻有名字和生卒年。

墓园外是居民住宅区，两者紧挨，距离只有五六米，楼里的人一天二十四小时随时抬起头来都会望见大片墓地和成千上万的历历的墓碑。有女人推着婴儿车走过墙外人行道，隔着齐腰矮墙朝墓地里面的我点头微笑。我知道城中商店里出售的棒球帽、陶瓷杯、毛衣和T恤衫上面，鲜明地印染着这个墓园的风光，图案竟是一块块树丛里的墓碑，这些物品既是日常生活用品也是旅游纪念品。这里的人与死亡的关系如此亲昵，不躲避，不掩饰，甚至将它当成了装饰和玩具。什么叫向死而生？这就叫向死而生。

在排椅上休息时，四周寂静得使我感到迷迷糊糊，差点儿睡过去。有一只野猫忽然从脚下溜过，把我吓得醒过来。从兜里掏出这次远行之前专门借来暂用的一只手表，它一秒一秒地走着，我已经一个人在这墓园里待了两个小时了——生命又缩短了两个小时。

在现代诗歌课堂上，我尽量用PPT课件向学生们展示讲到的每一个外国诗人的墓地。雪莱认为罗马最值得去的地方是济慈的墓，那座墓上面长满了雏菊、紫罗兰和虞美人，正应了诗人自己的预感："我感觉到鲜花在我身上生长。"惠特曼的墓最有趣，是他自己设计的一个林中铁栅门石屋，三角形尖屋顶正面刻着他的名字。西尔维亚·普拉斯的墓上，她丈夫休斯的姓氏总是一次次地被女权主义者凿掉。聂鲁达的墓呈船形，面向大海。巴列霍的墓志铭是他自己的诗句：“我会死在巴黎，在一个下雨天。”阿赫玛托娃的墓地有一堵象征监狱的墙，墙上是她的浮雕像。里尔克的墓在他自己挑选的一个有瑟瑟风吟和灿灿天光的地方，墓志铭与玫瑰有关。叶芝先是被埋在法国东南角，近十年之后才迁往他视为童年乐园和终生精神故乡的母系家族所在地爱尔兰的斯莱戈小镇，在那个美如仙境的小镇，他的墓地灰不溜秋，呆板，实在没什么特点。狄金森的墓很普通，墓志铭只有两个单词，译成汉语意思大约是：“召回。”艾略特的骨灰撒落在他的祖先去美国之前英格兰祖居之地东科克尔村的教堂，匾额刻写他的诗句：“我的开始之日便是我的结束之时。”王尔德埋在巴黎拉雪兹公墓，墓碑雕塑是一位白色大理石裸男，常被女参观者在上面留下口红吻印。希姆博尔斯卡的墓基与墓碑连成一体，是同一块赭石，朝天仰卧着，像一本诗集封面……但也许，所有这些具体的墓地并不多么重要，一个诗人真正的墓穴其实是他自己的诗篇，一个诗人每完成一首诗，就离死亡更近了一步，诗人用自己的诗完成并埋藏了自己。

## 五

我对时间特别敏感。日历和钟表都会让我产生丧失感。我让家里原有的挂钟全部停摆，除非特殊情况，一般不戴手表，那嘀嘀嗒嗒的声音让我心生恐慌，那分明是在给生命倒计时，掐着秒表呢。至于日历，我使用挂历，最不喜欢那种每天都要去手撕的月份牌，一天没有了，又一天没有了，一天又一天，厚厚的一本越来越少，直至为零，感觉分明是在给每天送葬。从日历和钟表自然而然地会联想到坟墓。日历和钟表其实都是时间的坟墓，只不过在日历和钟表里面，衰败和复兴是共时的，是一起发生着的，旧的催生新的，新的覆盖旧的。死去的人不能赞美耶和华，同样，死去的人也无法、无须给时间命名了。坟墓里的时间在日历之外，在钟表之外，那里的时间不再属于日历和钟表这种人类假设出来的事物，也许坟墓里的时间可以属于时间之前的时间，也可以属于时间之后的时间吧。在坟墓里，时间没有开始，也没有结束，不是线段，也不是射线，如果说是直线，用数轴来表示，也并不太确切，因为压根就没有那个“零”的存在，时间在那里只是一个无解的函数方程。总之，坟墓是时间的深渊，在那里，时间掉入了一个黑洞，变成了一粒带着残忍的力量却永不发芽的种子。

入大学的时候，我十七岁零九个月，决意开始写作，偶尔会非常真诚地说出一些冷不丁的疯话来，我对下铺的同学说：“我会活到二十五岁。”同时还背诵书上的话来解释：人最重要的是永远保持活力而不是长生不死。毕业之后，又过了几年，在二十五岁生日那天，我接到了这个女同学的电话，她提醒我：“你的大限已到。”我愣怔了三秒钟，哈哈大笑起来。如今，我离二十五岁也已经那么遥远了，嗯，从现在的迹象来看，我差不多会厚着脸皮活上四个二十五岁的，谁知道呢。

我有一个好朋友，她对于“死”这个字眼儿，极其避讳，说不得也听不得，万一这个字不小心灌到她耳朵里去了，她会一边发火一边纠正，如果她自己实在绕不过这个字去了，就用隐喻的字眼儿来替换，有时实在替换不了了，就改用英语的单词或者句子来说，在她那里，有着一层隔阂的外语比肌肤相亲的母语多了一种遮蔽功能，顿时显得吉祥如意了不少。我也有自己的一点儿小禁忌，我一向不喜欢有一种人物简介的写法，人尚在世，姓名后面来一个括号，在括号里，前面写生年，中间加半个破折号，后面该写卒年则空着，表示此人还活着，正等待填写，随时填写。每次看到自己的简介被别人写成这样子，我都被半个破折号后面那个空白处弄得心烦意乱，不知道要在那个位置填上个什么年代。没错，我对死亡话题从不回避，可以大谈特谈，没完没了地谈，饶有兴趣地谈，同时却又胆小如鼠，心惊如兔，贪生怕死得很，这真够矛盾的，是不是？这里的对立统一大概在于，不停地谈论死亡和热衷于参观墓地，其实正是对于死亡恐惧的一个生理克服过程和心理治疗过程，接下来是为了更合情合理地往下活，以生存本能转移和压过死亡本能。

我想象我的墓地。

那个墓地一定是小小的，生前住房窄陋，死后占地狭仄，低碳环保。墓基该是由原生态山石砌成的，简洁一些当更合我意。墓碑不高，圆润而粗粝，上面只是极节省地镌刻着这样的文字“诗人某某”，以及用半个破折号连接着的生卒日期，除此之外，再也不需要其他的多余的文字了，镌刻的字要用温润的幼圆体，笔画颜色当用石头之原始颜色。那里人迹罕至，即使偶尔有到这墓前来的人，也只不过是偶然路过并发现了它，他们并不晓得我是谁，亦未曾听说过我，这不小心闯入者，只需悄无声息地或坐或立，在风中静静地沉思一会儿，再默默地离开。作为一块诗人的墓碑，在这个诗人生命结束的地方，让它替我继续往下活，它像它的主人生前一样不显赫，有些执拗，只接受极为稀少的来客以及随意的零星的野生花束，一天又一天，一年又一年，活过未来的所有时间。这块墓碑就这样在墓园最偏僻角落里矮矮地竖着，随着岁月流逝，它渐渐被荒草洇漫了，被苔藓浸渍了，以致上面的文字变得模糊起来……还有，在春秋两季，总会有时令野花长高起来，摇曳着，遮住这墓碑的脸庞——这草丛中的墓碑有着与我脸上相仿的羞涩的神情，像是为自己的存在对人世表达着歉意。

时光永是流驶。

而今已到中年！总有那么一天，人将成为压伤的芦苇，将残的灯火，属于肉体的一切将被滚滚时间之土掩埋，不留印痕。每一个人都会离去，是一去不返呢还是配上一个新身体再次回转，抑或像梁祝那样化蝶或者化为其他的什么事物？谁也不知道答案。当然答案在每一个人死后都将揭晓，而那知晓答案的死者又无法告诉尚活着的人了，这是哪壶不开提哪壶的悖论。可是，无论如何，我相信，我相信灵魂是有的，死有什么可怕的呢，苏格拉底说：要安静，要勇敢。

墓，这个汉字是形声字，从土，从莫，莫在这里就是暮，这个字必定是跟黄昏有关，跟夕阳西下有关，后来引申为一年将尽，当然也可引申为衰老和一生将尽吧。空气由熹微至明亮，至光耀，接下来又悄悄地渐淡并转暗，就这样，经过了升腾、休止和降低，最后越来越接近地平线，以至于天光四肢伏地。我们则要带着微笑，以庄重和优雅来忍耐这来自时光的剥夺。

天起凉风，日影飞去。

2014年1月

# 泉

## 一

这座城市的中心广场上有一个巨大的雕塑。雕塑是蓝色的，是一个汉字的篆书，这个汉字是“泉”。这个汉字原初的战国模样和秦朝表情，被现代的水泥、混凝土、不锈钢和油漆冲淡，赋予了理性筋骨。在没有出现这座雕塑之前，这个“泉”字是软软地写在每一个人的心里的，有了这座雕塑之后，这个“泉”字在每一个人心里的笔画印痕反而轻描淡写起来，这个字被从心里移搬到了广场上。这个字有上百吨重，用起重机吊起来，坚硬地竖在了那里。作为这座城市的标志之物，它高频率地出现在各类宣传类图片和视频中，本地人却并不怎么在意它，很少谈论它，更谈不上喜欢它。估计是因为它的质地过于铿锵，姿势过于励志，更接近雄性，并不符合泉水在人们心目中的阴柔特质。

广场不远处，有一座大泉池。池中排列着三眼大泉，它们毗邻紧挨，又各自独立。那是三堆浩荡的活水，每一眼泉都很肥硕，很有喜感，天生就携带着的马达非常稳定，它们搬运着自己的身体，自下而上、由内向外地做着结实而旋动的体操。它们的颜色由浅至深，由白而绿，终呈碧绿，如同三朵绿白相间的巨型菊花盛开，琉璃花瓣朝着四周荡漾开去。或者，也许，它们成千上万年就这样端坐水中央，一刻也不停息地涌动着，是为自己举行着加冕庆典，确立着自己的王位。它们是泉水中的王者，认为自己会永生。

在这三眼硕大泉水的附近，方圆十几公里的老城区之内，有一个泉水的近亲家族，大大小小的泉散布，像一个又一个女祭司，举着自己的水晶高脚酒杯，赞颂之音涌上喉咙，它们发出的都是一些最简单的元音。而如果把半径扩至全城，扩至近郊和远郊，又有许许多多的泉，构成个这三眼大泉的远亲族谱，它们大都分散在角落，隐匿山野，心怦怦乱跳。所有这些泉，形态各异，有的以花朵盛开之姿喷涌，有的以锅中沸腾之态翻滚，有的从崖洞旋转着跟头侧喷侧冒而出，有的静悄悄地往水平方向流溢荡漾，有的通过地面或峭壁的裂隙往外溅洒，复杂地形导致了泉的情感表达方式不尽相同，但都是来自幽暗地层的诺言。

先天的地形优势让泉群形成。某座著名大山山系向西北延伸着余脉，在这余脉的末端梢梢上就端坐着这座老城。所以这城地势由南往北倾斜，海拔阶梯式递减，以南面群山为主体，南面东面西面三个方向都有山，几乎三面环山，接近盆地地形。最北面的城外是洼地和平原，使得这盆地有了一个豁开的缺口，而在缺口的尽头是一条著名的大河。那座著名山系的山之阴由石灰岩构成，石灰岩的透水性很好，于是在那遍布植被的山地之中储存固定下来的水全部沿着松软多孔的地层渗进地下，又沿地势往南面汇集，渐渐到达了这座城的盆地中央。按照常理，这些水应该继续从盆地缺口流往北面地势更低洼的平原，注入那条大河，可是，偏偏这城北面的地质是火成岩构成，不能渗透水，于是就把水全部挡住了，拦在了盆地里面也就是城中央。从根茂林深的大山里源源不断地渗进来这么多水，却排不出去，全部挤在城中央，那里的地下岩层空间如此有限，如何是好？水万般无奈，迫于压力，只好自寻出路，从地层的缝隙冒了出来，从岩层的断裂处涌了出来，于是满城喷水，水的万般无奈变成了水的万种风情。

无论从建筑、民风、饮食还是观念，这都是一个公认的老派城市，老派到骨子里。对于他者的评头论足，这座城从来都无动于衷，夸赞和贬损都不会让它激动，它那适当的羞赧只是由于谦和的天性，而不是出于任何荣誉感和歉意。在任何时代，它似乎都是表情淡淡的，怀抱着群泉，素面朝天，过自己的日子。这座城从不穿晚礼服，也很少穿正装，更不会穿吊带装，它倾向朴素实用的衣着，总是准备着去操持家务，它时时刻刻都戴着套袖，套袖还是藏蓝色的，直边的：嗯，不要粉色的，也不要蕾丝花边。

因为泉水过多，从古至今绝大多数泉都是用于日常生活而不是摆放在那里作景点，所以这座城长期以来并不真的知晓自己的优长。当外地人提醒它时，它才恍然大悟，接下来依然把自己所拥有的东西看作稀松平常，骄傲不起来。听到过有人这样说这座城："她不知道自己拥有什么，拥有什么样的好东西。"然而，这样，不是才可爱吗？

这座城的确过于自足。除却历史和文化的原因，或许还存在着某种地理上的因素吧。一个城市可以有江，有河，有湖，有海，除却个别内湖，它们大都属于过客，带着远方的消息经过这里，驻足一下，还要去更远的地方，去他乡，四处奔走，去看世界，寻欢作乐，沿途一边寻找一边抛弃，一边依附一边背离。住在那样的城里的人想必也在这江河湖海的召唤下喜欢游走异乡。而唯有泉，属于一方土地本身的地质内部构造，属于绝对的私有，每一个泉的地点总是固定的，仅囿于此，永远不离开这块版图，它们是封闭型和相对静止型的，且善于在封闭和静止中忍耐，不动声色，仿佛带着禁欲的色彩。住在泉边的人，一旦安居下来，也像这泉一样，在乎内涵而并不怎么在乎外延，就不想再四处游走了，所以泉边更多的是土著而非移民。

泉因不假以外求而只靠自我定力终获宁静和自由，几乎可以看成是水系中的斯多葛主义者。于是，这座怀抱群泉的老城天然地就携带了这种自给自足的安稳气质，当达到极致，也堪称风度了，这风度接近于母性风范，具备先天的伦理优势，当然，这城温厚，只身教，不言传，更不说教。

## 二

泉来自幽闭的地下，来自岩石的内心。地表之下有数以千万计的脉管，如同人体中的动脉和静脉一样蜿蜒着伸展着，这些脉管在岩层围困着的极其狭小的空间里，静悄悄地存在着，造成了莫名的压抑、恐惧、烦闷和隐秘，当它们中的某一条——往往是在某一区域之中相对来说被围困得最严重的——偶然寻找到地表的突破口时，就在不可预计之中忽然地形成了“泉”。似乎是从地心而来的那股子劲儿，是一种催开花朵的力，使一股原本平平凡凡的水流在开阔的蓝天下绽开了旷百世而一遇的笑容。封闭与开放就是如此辩证地转换，一个名词至此终于变成了一个动词，这动词奔放、烂漫、轻松。最内敛本分者在摆脱理性束缚之后变成了不羁的天才，在抑郁和躁狂之后产生出了伟大的创造，弗洛伊德关于创造力的学说其实完全可以用来解释泉的形成。

索尔·贝娄认为芝加哥附近那辽阔的玉米田是民主的象征。那么，这座城里的泉群似乎在体现着封禁的意义，同时探讨着独处和孤独的可能性，并且诠释什么叫冥想。被围困堵截的地下水流，它的焦虑、挫败感、不安全感，它的无助和弱小，恰恰充分调动起了本能机制，以自己料想不到的激情冲决而出。当泉形成以后，囿于地形，泉仍然无法像江河湖海那样把自己消融在外面世界，还是只能在有限的方寸之间独处。泉是孤独的，对外部四周世界的漠然，与地层之下那个过往世界的隔离，还有对将来何去何从的茫然，对眼下处境的无所适从，甚至对于自我也产生了疏离感，这些都造就了泉的孤独。孤独是一种可以跟旧世界决裂并同时创造出新世界来的力量，正是这种独立状态使泉找到了真我，即最纯粹的生态个性，诸如：线条图案的美感、洁净、透明、清凉、恒温、富含矿物质。无法四处游走，很难说是幸还是不幸，永远只能待在原地，身体越受到限制，心灵越无拘无束。泉喷涌、荡漾、倾洒、流溢，天光云影共徘徊，水草在晶亮的水中飘摇，体态和神情都宛如在梦中；泉依然喷涌、荡漾、倾洒、流溢，它听到了自己的呼吸，从自身之中看到了七色彩虹，感受到了自己的存在；泉继续喷涌、荡漾、倾洒、流溢，就这样无休无止，渐渐地，在单调而重复的运动中，惯性控制了意识，一切心思欲念都已远去了，泉忘记自己身在何方，进入了冥想状态。冥想需要闲暇、安静、独处，它比沉思默想更高远，比臆想更飞扬，比白日梦更深邃，既有具体可感的形象又有形而上思辨，思绪超越眼前具体的环境，思维射线遥感着天地万物，以致神经末梢终与宇宙星辰相交，与造物主相会，感受到了这个世界的原初动力。从地下潜流变成泉，是一次物理意义上的解放，而进入冥想，才是使身心获得了真正的自由。可以说，那些泉每时每刻都在冥想。可以说，泉边也是最适宜冥想的位置。坐在泉边的人很容易被一个漩涡式的中心吸引了去，凝视着泉水中央怔怔地发呆，听到自己内心的声音，听到远方和茫茫天际的声音，泉边的人会成为一个冥想者而不是一个行动者。冥想的结果，是在无知无觉中实现了近乎灵魂出窍的灿烂，在形神合一中释放出了精神的迷幻的礼花。

有一年初夏，我陪一位在美国教授中国哲学的朋友去了孔子的出生地尼山，观看那里的坤灵洞，也叫夫子洞。我们的圣人一出生就被放置在了那样一个小小山丘之下的石头洞里，内有天然的石床石枕，但低矮昏暗，实在简陋，所幸这洞内有一股泉，自洞壁石缝喷溅，沿峭壁流淌下来，在石床石枕旁边汇成一个清明透亮的小潭，可以看到有着晶亮沙粒的潭底。我让自己仰躺在那石床上，枕着石枕，望着洞顶的峋石，想象了一下初生幼儿孔子当年躺在此处的感受。然后又俯下身去，到那泉边双手掬了一捧泉水喝下了，那泉水是孔子母亲颜征在和初生幼儿孔子喝过的水呢，甘美清澄。嗯，不错，一出生就生在了泉边，离泉如此之近，泉水触手可及，不小心就能掉到泉水里去，难怪孔子有过"智者乐水"的比拟，并一生爱水。他儿时的玩耍方式，就是把祭祀器具拿出来练习行礼，也许那是一个孩童在以并不确定的方式对那从未见过面的父亲进行怀念和遥想吧。这个生在山洞里的孩子从一出生就备受歧视和压抑，大半生挫折，累累若丧家之犬，而天赋智慧最终还是顽强地从命运那幽暗的地下岩层和逼仄的嶙峋峭壁里喷发了出来，泽九州，泽万世，就像这洞中至今还在喷冒的泉水一样。朋友用自带的设备给那洞的里里外都录了视频，准备带回去，在课堂上播放给美国学生看。那视频里录进了明显的水声。大洋彼岸的人在观看时，当想到这是来自中国哲学源头的声音，请辨别一下这声音是什么？哦，是——泉。

在汉语里，这个“泉”字只是一个象形字，模拟了水从山崖地穴中流出来的样子。也许这个词的英语更能反映出事物的本质，在英语里，“泉水”“春天”“弹簧”是同一个单词：spring。这三样事物，不管哪是本义哪是引申义，它们共同隐含的意味是：当正在承受着的某种外来压力达到一定程度或者极限时，自身就会突然朝相反方向跳跃着飞升起来。泉水是承受地质压力而喷溅出地表，春天是承受冬天枯萎死寂的压力而抽芽绽放，弹簧是承受物理挤压而反向跳起。它们都是从在对压抑的反抗之中获得了自由和解放，于是滞重变成活泼，苦闷变成清透，隐忍变成滔滔不绝，最终获得了发散式的枝枝蔓蔓的繁荣。

某些夜晚，我睡不着的时候，偶尔会想起我居住的城里那一个个永不止息地奔突涌溢着的泉，敞开在这个城市的夜空下，仿佛黑色绸缎上刺绣着银色花朵。我仰躺在床上，感到一种刻骨的宁静，恍恍惚惚地觉着自己也是一汪泉，我自己滋养着自己，我不知道这泉来自我的肉体，还是来自我的灵魂，或者灵与肉之外的其他什么地方。

## 三

虽然我知道泉生来就千姿百态，但是依然坚持偏见，把那种在平池中自下而上绽放成花骨朵形状的泉，看成泉的典型，泉的标本。那既是一种生动的具体的写实画面和图像，同时又接近抽象画，甚至可以看成一种凝练化概括化之后的几何符号。它们的模样和想表达的意思，已经超越了语言，它们要么沉默，要么话语极简以致含义不明，人们只好猜测它们说的是汩汩语或者突突语。它们大同小异，在不一样的徐缓迅疾之中拥有着共同的构成方式和流转规律，所以更像是积淀了某种精神内容的图腾，它们究竟象征了什么？是清洁精神、万事皆有源和永不枯竭吧！是自由、青春和欢乐吧！当然还可以是悲怆和销魂！可以说，从这类泉的模样来看，它们正好印证了那个著名的观点："美是有意味的形式。"用什么艺术手法来表现它们才是最好的？我想，木刻版画恐怕是最好的了，那种木质的厚重凝滞正好用以突出水质的轻灵跃动，这大约是最好的把"动"的内容用"静"的形式来固定住的范本，表达出的是"瞬间的永恒"。

泉的线条单纯、洗练而简化，其中没有任何雕琢繁琐的细节，只把一个富有神韵的大致轮廓放在那里。泉以无色胜斑斓，造就了各式各样的洁白、黝黑、微蓝和碧透，似乎占尽天下色泽。泉是那样满满当当地丝毫不留余地地充溢了整个池湾，肥硕得那样心满意足，朴拙得那样天真烂漫，从来不去刻意地学中国山水画的样子以写意手法依靠留下空白来显示着想象空间，当然更不在乎什么有我之境与无我之境。正是这种懵懂甚至幼稚，使泉——这天下最冲动也是最偏僻的水流——具有了某种不可阻挡的气势，这就是泉的浪漫主义，完全无视这个世界日益复杂起来的心机和无比精细无比沧桑的异化。

泉的美是把拙重、飞扬、圆通和清远结合在一起的美。它包含大自然之始和人类之初的风貌神情和哲学元素，同时又“郁郁乎文哉”。泉的样子是斯文的，即使某些特殊地形构造偶尔使得它的动作幅度过大，略有咆哮，泉终究也还大致是斯文的。这个世界越来越粗暴，斯文差不多已经被挤对得等同于软弱和冬烘，而泉初衷不改，它那富有律动的喷涌之状，它那从高处潺潺流下的样子，仿佛正对这个有些骚动不安的世界温和而善意地批评着：万世之斯文而今安在哉?

我的美术视野狭小，不包括摄影在内，在至今见过的画里，泉本身的具体形态往往都没有得到完美的体现。泉在画中，往往只是作为隐喻而存在。很少见到画家们将那泉的全貌全部勾画出来，显示出那泉的真正出处或发源地的。中国画往往是要把泉画在高山之中，让泉穿过山涧、峭壁和密林流出来，以地貌和植被作背景来表达泉的清冽，那样子接近小型瀑布，表达的都是志趣如何高雅不与现实同流合污什么的。倘若把泉画在充满人间烟火的市井之中，又往往把泉边人物作了主体。所有这些画中的泉基本上都是裂隙式的泉，对于那种自下而上喷涌着的丰满之泉，或许有人画过，却罕见以360度全方位展现在画面上的。

早年，我看到安格尔那幅著名的油画《泉》，唯美则唯美矣，颇有几分疑惑。这幅画，我看过无数次，不知为何一直以为背景是在室内，直到后来才弄明白背景其实是在野外。细看，那举着水罐站立着的裸体女孩背后是两块相对完整平滑的崖壁，她正站在两块崖壁相拼接的凹陷处，上方隐约有暗色的枝叶生长出来，崖壁根还有一株不起眼的开着小花的草本植物，很像水仙。泉在哪里呢？就在那两块崖壁相拼接的凹陷处的最底部，一簇浪花盘旋着从女孩脚后跟那里涌出来，宛如一抔雪，一堆白绸，那只是这泉的一部分，泉的一角，最终无法辨清泉的完整形态。女孩高举着一只沉重的水罐，她以左臂在低处撑着水罐的颈口，把右臂高举起来从头顶绕过，使右手够到另一边去扶着水罐罐底，水罐口朝下，清清泉水正从中流淌下来。实在不明白倘若只是为了把水倒出来，她为何要做出这么个高难度动作，即使是在沐浴，似乎也没有这样玩杂耍的必要，让人担心不定哪会儿她就会把那个大水罐摔到地上了，即使打不碎，至少也会留下裂痕。我对着镜子练习过这个动作，太艰巨，右胳膊不够长，必须比现在再长出至少五分之一来，才能既从头顶上绕过又能稳妥地扶往那水罐。其实我既担心那水罐摔到地上，又盼着那水罐最好赶紧摔到地上——至少可以让她放弃这个高难度动作，别让人看着提心吊胆的。如果画家故意想让观众为画中人提心吊胆，他的目的算是达到了，那么我就不再疑惑。唉，遇到我这种不解风情的读者，真是画家的不幸。也有跟如此唯美主义对着干的，那位达达主义代表人物杜尚从商店里买了一个现成的男性小便池，命名为《泉》，直接送去参加艺术展了，命名在这里显得非常重要，在杜尚那里，所有关于泉的隐喻，本体和喻体被翻转颠倒了过来，同时还将泉的传统既定内涵恶作剧了一把。见到这幅装置艺术时，我会心一笑，产生了给自己家里所有器具都重新命名的冲动。在我还未来得及做点儿什么时，就在江南某名胜古迹旁看到了别具一格的公厕标志，沿着公园石径旁的路标箭头走至公厕，发现上面既无关于性别的卡通头像也无关于性别的文字说明，一个门口标了两个汉字“观瀑”，另一门口标了两个汉字“听泉”，至于哪是男哪是女，自己去判断吧，弄错了，后果自负。

其实泉是很难画出来的。任何画家只能画出泉在人的臆想中的某一刹那，而且这一刹那还被当成了静止的时间，被处理成了定格，才得以进入画中。要画出泉的流转和循环来，多么难！要用阴影和光来表达出泉水的特质以引发出观画者的渴望，多么难！无论画哪种形态的泉，都应该达到这样的目的，让观画的人，真切地感到：“我口渴。”

## 四

泉不仅表达着空间意义，还表达了时间意义，甚至心理意义。

在我的偏见里，仍愿意以那种在池中自下而上做喷涌状的泉为例。泉在对称、均衡、连续、反复、重叠、流连、间隔、起伏和交换之中，演示着亘古的大自然的舞蹈。当一个人在它旁边停驻下来，出神地凝视着它时，在恍惚之中会感到这方寸之间就是整个世界了，水永远在汩汩地冒出，同时又自己咽下去，并再次冒出来，水像总是待在同一处，完全没有变化地如同已经静止下来一般，可是同时，泉又分明以流线型的韵律和速度感告诉我们：时间在流逝，心脏在跳动。泉就是这样，在方寸和世界间，在动与静的相克相生之中表达着“不朽”。

泉的轮廓或许类似表盘，上面似乎隐含着永不停歇的指针，那地层压力就是旋拧着上紧上满的弦，它在走动，你看到的是瞬间，许多的瞬间，它的秒针在飞快地动啊动，而它的分针和时针几乎是静止的，你不会一下子明显就看出它们的位移来，没错，可以说，泉里面有一个钟表。泉只会发出最简单的像“啊”“哦”“嗯”“哈”这样的音节，声调低低的，音质模糊，它说什么内容并不重要，关键在于它在不停地说啊说，没完没了，产生了催眠效果，所以，泉是自动写作者，泉更是一个祷告者，它在祈祷，它的祈祷文是用象声词写就的，同样将荣耀归给上帝，如此，我们竟可以说，泉里面还有一个字母表。所以，尽管泉永远在重复、重叠、复制、往返，可是它并不显得机械和单调，因为它的内部有节奏，有韵律，有询问，有应答。

泉这个幽闭症患者，它自身之中其实隐藏了一个坐标轴。那个从地下到地上、从中心往边缘扩散而去的空间范畴是泉的横坐标，泉以自身形象表达着流逝感，同时又朝着时间的无限敞开来，这是泉的纵坐标。纵坐标横坐标相交于原点，这个原点应该就是核心部位的泉眼吧，它是重心，似有一块磁铁在那里。泉就这样在自己的坐标系里，用时间来表达空间，用空间来表达时间，时间和空间互相追赶并且交错，时间和空间在泉的生生不息之中最终融为了一体，变成了同一回事。

从绝对意义上看，那一眼泉所代表的时间在变，空间也在变，你不可能两次看见同一眼泉。可是从相对意义上看，泉在表达流逝感，一边产生一边丧失，却终归还是那同一眼泉，江河可以改道，可谁见过泉更改过它的来历和出处呢，所以，你也不可能一次看见两眼不同的泉。在家门口，那泉还是那泉，泉边的石阶越来越旧了，已经磨得圆润发亮，那是岁月发出了光泽，那泉的形状跟过去相比毫厘不差，那泉来自的那一个漩涡式中心还是同一块地层裂孔，既没变大也没变小，它当然还是那同一眼古老的泉，忠诚的泉，让人怀旧的泉。

一位旧友调离本城去往海边已经多年，喜欢平均两三个月就回返一次，与我小聚。我们都是散淡之人，终生昏昏醉梦间，是共同状态；偷得浮生半日闭，是共同追求。某个冬日，我们俩静坐在泉边，人迹稀少，一坐就是一个晌午和半个下午。当时身边环绕多眼泉水。其中一处大泉，从古至今绝大多数时候都被围困于衙门，近十年来才还于民间，紧邻大泉的是一处并不引人注目的小泉，很少有人知道它，却是被一位宋朝女诗人在少女时代写过的，古典诗词注解中必须要出现它的名字，而这位中国古代最著名女诗人的诗集的书名里则嵌入了距此处两公里之外的另一处泉水的名字。就这样，一动不动地坐在那里看泉和听泉，水声原本就是弱的，这样一直看下去听下去，渐渐地发现水声越来越远，越来越模糊，而耳朵忽然就辨别出了古筝的音符！这时候，抬起头来，瞥见近处亭子的灰色瓦檐翘起在斜阳里，顺着瓦棱在那上面卧着一点儿残雪，还有几株枯草也在那上面摇曳，半块模糊的白月亮早已悬挂，广大的周围，是难得一遇的晴好的天，是无尽的虚空，仿佛收纳万物灰烬的教堂——我看到的分明是时间，时间以它自己的语言在追赶着自己的思想，足痕正从头顶上悠悠踱过。我忽然为我们两个人之间的友情而大为感动，这平装的友情，活泼、单纯、温润、恒久，许多年过去了，在这苍茫的人世上，只有它拒绝成为过去时态，我的脑海里闪现出别人创造并使用过的一个词：温馨抱慰。

我也多次去岛城看望这位旧友，我俩在海边山坡上散步，在沙滩上看潮起潮落，坐在临海的落地窗前一边喝咖啡一边看飞过的海鸥，那时候却从未涌动过像在当下泉边这样的情绪。也许在这个时代，泉的内敛和保守比大海的外向和开放更接近并适宜于人类情感的依托吧。不随意接纳他者，固守方寸之间，泉水里的时光永在流逝，泉水里的水也时时变幻更新，但却永不改变其外在形状和那个发生的轴心，水与岩层相濡以沫，沁人心脾，有着冬暖夏凉的体贴，这些都是泉的特征，也应该是人与人之间的爱的本质。

在那个高山流水谢知音的故事里，并未明确提及泉，却感到一定有泉的存在。泉涌自深山，又顺着沟壑叮咚流淌，滋润着中国历史上最动人的友情。直到几千年后的今天，这故事依然那么清新，散发着泉水、岩石、松枝、蕨草和山岚的味道。据载伯牙和子期曾同游过离本城不远处那座著名山系的山之阴，那里恰好就是这里发达泉群形成的地质开端。

## 五

景点的泉被砌起来，圈起来，标识牌子上有一大堆解说文字，中英日韩文字对照，弄成很珍贵的样子。一些新修的泉池，过于平整，泉池在高处，一步一步地顺着齐整的台阶往下淌，把泉搞成了“七步成诗”的模样。

而这个城里最可爱的地方是那些普通的泉水人家。那些在市井日常生活之中依然被使用的泉，是泉中的平民，它们真正发挥着沧浪之水的功用。

在老城区的正中央，有一条三千年的古街，曾几何时，商铺林立，是这个城里最繁华之地，属于这个城里的《清明上河图》的核心部分，从这条街市遥望正东方向，可以隐约看见官府衙门的华丽楼台。而在这古街市与官方楼台之间的地带，则是一大片或富贵或小康的民居，不乏青砖瓦的和马头墙的，窄街窄巷纵横，一眼又一眼泉水汇成的小溪从它们的庭中房前曲折穿行绕过，任时光安然流逝。

在城市越来越现代化的进程中，这些古街巷的表情渐渐黯淡下来，同时也变得越来越平民化和温柔敦厚起来了。居于闹市中心，它们竟能保持安静与和蔼，拒绝被喧闹的时代之声裹挟而去。我想，这一定跟泉的存在有关，泉在挽留，泉在涤荡，泉在恳求，泉在游说，泉在静静地等候。

所有人家都枕泉而居。近二十眼泉密布在这条古街区方圆两三平方千米之中，或藏在私家院落里，或隐于石板小巷深处。其中有两眼最大最著名的泉，一眼踞于只有一墙之隔的官家大院里，如无数珍珠成串喷出，据说附近有古戏台，更有一株海棠树是文学家曾巩手植树的后裔；另一眼则在街巷中央的开阔之处，更有民间风貌，一年四季均有百姓随意跳入泉池中游泳，据说还是当年这城中文人们曲水流觞的地方。如此众多泉水汩汩而出，在迷宫般的窄窄的巷子里，从我家到你家，一道又一道水沟相通，清清泉溪荡漾，户户都以泉水相连相挽，这泉溪穿街过户，一程又一程之后，从南到北，最终汇成了一条水草绿意盈盈的清清的泉河，街道水道相依相傍，继续前行，流进了一大片花草繁茂的小洲，接下来又流进一个更大的湖里。

清泉石上流，就在邻里之间，就在家门口，就在自家门中院里，更有甚者，在有的人家的堂屋里，在方桌底下，就有一口汩汩的泉。泉有大有小，可以有一个游泳池那么大，它平躺在那里，对自己正对着上方的那片天空产生了忠诚，也可以像洗脸盆那么小，犹如童话里永不枯竭的魔盘，而且不需要咒语就自动满溢。柳树荫里，海棠树下，豆棚瓜架旁，泉水静静流淌，这曲曲弯弯的水绕过寻常百姓家的房前屋后，穿过庭院，就这样长年活泼泼地奔流着，浸湿着灰白山墙，轻轻冲洗着山墙底部的青石墙根。紧挨泉水而居，推开屋前的小侧门，弯腰即可汲水，这天下最清最冽的水，来自多情的地下岩层。在这里，浣衣淘米洗菜，泡西瓜冰啤酒，过最日常最知足的小日子。

泉边小憩，坐在某户平常人家的近水楼台，眼瞅着主人俯下身去从近在咫尺的泉里舀了水，提到烧炭的黄泥炉子上去煮沸了，现场沏起茶来。茶叶可能是最普通的茶，并不有名也不昂贵，茶具大概只是廉价的泥陶壶粗瓷杯，而今竟以刚刚煮沸的泉水沏之，这茶水对于那些天天用含漂白粉氯离子的自来水或者多层净化了的桶装水泡茶喝的人来说，实在是非同一般了。这样泡出来的茶才应该是天下最清醇的茶。妙玉请黛玉宝钗二人喝体己茶，泡茶的水来自梅花上收集的雪，还是封存在瓷瓮里在地下埋了五年的，想必已经有股时间的霉味了吧。妙玉喝的是文化和风雅，还难免带了一点儿矫情在里面，而像在这样的泉边现场沏茶，喝的则是大自然和田园，喝的是春天，喝的是这世间正在减少甚至消失了的品质：纯真。

那些在清晨携带着各式器皿走到泉边去汲水的人，踏着潮润润的青石板，这时候最好的衣着当然是家居服，村装野束也不错，只要适于肢体活动就好，在倾身、弯腰、弓背、挺胸、挥臂、晃肩、踉跄、深呼吸等一系列动作里，展现着身体的力与美。清晨汲水，不仅是一种通过劳作获取日常饮用需求的物质活动，更是在举行一场精神仪式。在一天开始的时候，到泉边去，到时时刻刻都在更新着的源头去，差不多相当于去上晨课或者做晨祷，接受来自大自然的教育。经过漫漫长夜又迎来了清晨的曦光，到泉边汲水去，通过接触泉水的清冽和澄澈，让智慧和心志恢复到出厂设置，一切都是原初的了，都是新的了，这样才有活力去迎接一整天的市井尘埃。濯吾缨，濯吾足，这样能够“上诗”的行为艺术或艺术行为，不可能只是实写到泉边洗我的帽穗子和到泉边洗我的脚丫子，当然一定是要与高洁的精神追求联系在一起的。

日光在青瓦屋顶上缓缓移动着，风吹拂着瓦棱间的草和藤蔓，上千年就这样过去了，时光随水一起流走了，而这里没有改变。这些街巷的心底依然纪念着不远处鹊华桥另一边的湖上白妞黑妞说书的场景，默念着她们的戏词。往年曾有一位蒲留仙的知己在此居住过，在他的幻觉中，一定常有落魄书生和妙龄倩影徜徉于泉边吧。

这众多的目光清澈的泉眼和曲曲弯弯的泉溪存在于市井街巷之中，它们既是大自然的，又是人间的，它们是自然之美里又添加进了人间情味。让短促的人生停留于永恒的绿水青山之间，把飘忽的命运安放在千秋的丘园泉石之间，谁能说这不算是一种慰藉呢。

正值春日晌午，谁家的桃树开花了，漫过墙头，有风吹过，花瓣儿就飘零于泉溪的水面上，如闲愁万种。这在北方都市之中还独自闲暇着的，这泡在泉水里泛着湿湿的柔光的小街小巷啊，它们慢悠悠懒洋洋，它们笨笨的可爱着，它们把骨子里的灵气藏匿成泉，又将一往情深汇流成溪。这样的街巷是幸福的，而它又好像对自己的幸福浑然不觉呢。

## 六

我喜欢徒步行走，到郊外那些不知名的山里去。两个人结伴去或者干脆一个人去。往野山深处走，进入大山沟，那里无人称王，岁月悠远。这样漫无目的地在山中游荡，偶尔会遇到那种无名的野泉。其实无名野泉，也是早已被发现的事物，千百年来肯定早已被牧羊人和放牛娃知晓，只因地处偏僻，地图上未标识出来，外界大都不知。最重要的是：尚未被命名——而事物在有了名字之后，才能表明存在，才会有体温。于是所谓无名野泉，这些泉中的隐者，就被我当成了新发现，并为此惊喜。

一个秋天的下午，我和一个朋友去了远郊，远至与另一地级市的交界处，要是在春秋战国时代，翻过附近山脊上那截残留的古城垛，就到另一个国家了。那是一个很大的山坳，山是层层叠叠的页岩。我们去的目的原本是看红叶，但由于缺乏常识，竟来早了，黄栌满山，基本上都还绿着。那年气候干旱，很久没下过雨了，但进得山来，越往山坳凹陷处走去，越有潮润感。我以为我产生了错觉，我的身体的很多部位都能听见水声，连黄栌都似乎也在汩汩地对我说着什么。就这样走着走着，忽然发现山径旁的某处峭壁上正透过岩层往外渗着泉水，水流看上去很小，但在低处已汇成一道潺潺小溪，这个发现非同小可，继续往前行，竟发现了更多相似水流，一律是裂隙式的泉水。我们一路都用随身携带的瓶子靠近悬壁接那泉水喝，那水多么清冽，带着北方秋天的味道。

还有一次是在冬末，我在一道山梁的背面走，积雪正在融化，山径泥泞。为了让鞋底少沾泥，我专挑有雪或者有冰碴儿的地方踩，即便如此，脚底还是越来越沉重了。当我快要走不动了，准备弯下腰清理鞋底的时候，看到前面紧依山根的路旁有一个覆盖着隔年枯叶的碎石堆，明显被谁从中间扒拉开来了，走近细瞧，那扒拉出来的坑里竟是一洼水，而且还在往外活生生地冒着，我的天，分明是一眼泉！那一刻，我鞋底厚厚的泥巴开始变得喜庆起来，似乎春天一下子跃上了枝头。风吹过，天空静止，而大地莫名地轻轻晃动了一下。

前不久，我越走越远，走进了一块完全陌生的山地，继续前行，三面都是大壑深沟，几乎没有路可走了。我想知道此时我的具体位置，于是就使用手机GPS定位，找到了那一刻正站立着的山头，一个红色水滴形状的箭头末端指示过来，上面标识着一个奇怪的山峰名，是以某种昆虫名字的方言叫法来命名的。手指在屏幕上不小心向下滑动了一下，电子地图上忽然竟出现了“北井村”三个字，北井村是我童年寄居的村庄！按照地图上的比例尺估算，应该离我站立的山头不足十公里了。先前每次去那里都是乘车绕道公路，然后转入山径，未承想可以像现在这样从野山腹地直接斜插而至。

北井村这个名字，显然与水有关。它附近的村庄名，也几乎全部与泉或者水有关：泉泸、河圈、涝坡村、天井峪、大涧沟、稻池村、双井、斗母泉村、韩家泉、波罗峪、灰泉村、黄鹿泉峪村……这些名字充满了对水的渴望或者对水的炫耀。那里属于城市远郊，那里的泉也是这个城市泉群的一部分，可以看成是城中央那三只泉中王者的远亲吧。

北井村是我母系的村庄，我从出生九个月被送到那里去，长到五六岁。从整体来看，相对于周围的广阔地带，这村子其实是在一个大的山冈陡坡之上，地势高爽，而如果仅从局部和近处来看呢，它又是群山环绕之中的一块洼地。这些山中最矮的那一座，在村西头儿，叫九泉山，顾名思义，那里有九眼泉。

小时候，我喜欢跟着大人去泉边湾里打水。大人挑着水，晃晃悠悠，通过一根扁担，两只水桶对称并押韵。我一路跟着空桶过去，再一路跟着满溢的桶回来。青石板路面铺得很不规则，苣荬菜从石缝里钻出来，举着一朵小黄花，花有细碎的牙齿，石板由于年代久远而光滑无比，光滑得似乎只剩下了回忆，水洒在上面，像一小块缄默。在泉边或湾前，浮动的水是幽暗的，不知从什么角度，蓝天的一角延伸了进去，让人既想靠近又有点儿忧虑。我两手扒着桶沿，凑近刚刚盛满的水桶，把水面当镜子，照出自己的脸。挑回来的水都倒进堂屋门后面的那个大水缸里，缸上面掩着一个很大的木头盖子，一只铝舀子放在那盖子上。家里洗菜淘米沐浴洗衣全部用这水，不用这水还能用什么水呢？这里只有这一种水。

妈妈调往另外一个城市工作之后，每次回乡，洗脸的时候，都要啧啧称赞："相比较，还是这里的水软，水软啊，洗脸不用打肥皂，就能洗得很干净。"我不懂，泉水富含矿物质，应该硬才对啊，怎么就比他乡的水更软了呢，再说，水又没有筋骨，如何测定软和硬呢？当然，妈妈年轻时曾经在化验室专门搞过水分析，她说得应该有道理。

我准备上小学时离开了那个村子，从那往后，只有放假时才会回去看望一下老人。自从家中最后一个祖辈谢世，那里再也没有了亲人，我再也没有回去过。我不再去那里，已逾十年。这么多年过去了，那里的许多事物对于我早已淡漠，我住过的那座有香椿和核桃树的石头院早就无人打理了，想必也已经败落。

如今，在课堂上，偶尔会给学生讲起美国诗人沃伦的那首著名短诗，念到诗中我最喜欢的句子：

> 当我从泉边取水回来，走过满是石头的牧场
> 我站得那么静，头上的天空和水桶里的天空一样静

这诗里出现的两次"天空"，对于我来说，就是小时候的天空，北井村的天空，无论夜晚还是清晨都与泉水相互映照着的天空，那是20世纪70年代的天空。

2016年2月

# 大　雪

我出生在阳历12月上旬的一个星期四，紧临大雪节气。

大雪，在我的生命里，是一个很不容易的节气，从一出生就很不容易。

我妈妈在生我的前一天，晚上10点，在家里已经提前破了羊水，而且流出来了很多。因为缺乏常识，搞不懂是怎么回事，又继续睡觉，直到第二天早晨才去医院。我爸爸上午有四节课，是立体几何，他把我妈一个人扔在医院里生小孩儿，自己上课去了。那天早晨我妈什么也没有来得及吃，而且也没带吃的，快到中午的时候，同一产房的邻床送了她一个鸡蛋，我妈生我就用了那一个鸡蛋的力气，那个鸡蛋即便没有产生核裂变，威力也真是够大的了。在我出生的整个过程之中，一群医学院的实习生包括很多男生都在旁边观摩，那个场面令我妈妈非常难为情，当然我也难为情啊，人出生的时候，身上都是一丝不挂，什么也没有穿啊。从早晨一直生到中午一点多，我妈就那样干生，费了好大的劲儿才把我生下来。我疑心我长大之后脑子不太灵光，经常犯二，就跟当年羊水快要流完之后导致不得不干生造成大脑缺氧有关，没成弱智已属万幸。我生下来以后，又过了一阵子，我爸爸才急匆匆地赶到医院，他的这次缺席被永久记录在案，足以被埋怨上一辈子，后来每到我生日那天，我妈都要把这次重大缺席事故重新提起，抱怨一番，这成了我过生日的保留节目。话说等到我爸爸赶到医院里见到了我，父女俩第一次见面，他无比失望，怎么会生出这么小的一个孩子，还浑身皱巴巴的？我妈妈为了面子，为了听上去体面些，总说我生下来时四斤半，即二点二五千克，直到四十多年以后，她才承认这个重量不是净重，而是毛重，其中还包括了一床小薄棉被。其实，去掉那床薄棉被，净重最多不会超过两千克，体重在三斤八两到四斤之间。在医学上，这样的低体重儿有一个专用名词：足月小样儿。这样的孩子长大后会有许多后遗症。作为一个体形高大的母亲，第一次生孩子，十月怀胎，气势磅礴，竟生下了一个跟一只小奶猫一样大的孩子，实在不是什么光荣的事情，她那一直把毛重当净重的虚荣心，我能理解。

如果以节气来给孩子起名字，那些生在二十四个节点上的孩子，可以直接叫李立春、池雨水、苏惊蛰、段春分、左清明、周谷雨、庞立夏、朱小满、田芒种、汪夏至、江小暑、蒋大暑、徐立秋、梁处暑、陈白露、单秋分、赵寒露、石霜降、耿立冬、贺小雪、刘大雪、张冬至、沈小寒、司徒大寒。嗯，以此类推吧，那么，我就可以叫“路大雪”了。其实这些名字都挺好听的，感觉这个生命与大自然息息相通，人的身心的律动是跟自然界的脉搏押着韵的，是平仄相谐的。

据说我出生的时候，还真的下了一场大雪。产房是一排红砖绿墙木屋檐的老式房屋，被落光了叶子的高大白杨树簇拥着，紧挨着的围墙外面，有一条清清河流，依傍着连绵小山流淌过去，河面很宽阔，河水有一部分结着薄冰。大雪纷飞，无声地飘落，落在那些小山上，落在河面上，落在空了的田野里，落在绿屋檐上，落在白杨树灰秃秃的枝杈上，落在初为人母者既喜悦又遗憾的心上，落在一个婴儿把地球当火星的幻觉上。

一个出生在大雪节气的孩子，生来就是爱雪的。

小雪节气的雪，还是有些扭捏的，说得好听一些，可以叫作优雅吧，而到了大雪节气，正常的话，下的应该是飞扬跋扈的雪。

如果大雪真的不管不顾地下起来了，就像有人从半空中顺着风，斜着往下扔着碎碎的纸片，一片，一片，又一片……谁的稿子写坏了，谁收到了绝交信，或者谁恨透了案上循规蹈矩的公文，这样气急败坏地把它们撕碎了，如此密集地往下抛往下扔往下投掷，还是成吨成吨的？大雪任性，大雪轰轰烈烈，大雪横冲直撞，大雪踉踉跄跄，大雪义无反顾，大雪奋不顾身，大雪不会悬崖勒马，大雪可以不要命，大雪不知道什么叫妥协。一场真正的大雪是霸道的、专制的，甚至是极权的，大雪里还有类似贝多芬命运交响乐的节奏和旋律。好吧，我是一场大雪，我充满了强力意志和酒神精神，我就是要重新粉刷和涂抹这个世界，我就是要改变这个世界现有的既定的秩序，等到我融化之后，世界会依然故我，我知道我最终会失败，但我永远不会改变我的计划或修改我的策略。是的，虽然这是雪，但当狂暴到一定程度时，会让人联想到与之完全相反的另一种物质：火。所以，20世纪80年代有一首著名的台湾爱情歌曲叫《雪在烧》，从字面上看去，这歌名似乎在逻辑上讲不通，而那内里的意思，却是无须解释，便能让人深深懂得的。如果大雪有性别，当然是女的，而且是一个希腊神话里美狄亚那样爱恨分明、铤而走险、铤而走极端的女子。当一场狂暴大雪忽然停顿下来的时候，一定是这个世界最温柔最母性最有情有义最一往情深的时刻，这个现实主义的世界终于相信了，梦想是有的，幸福是有的，乌托邦是可能的。

小时候，我跟着姥爷，住在那个山洼洼里的小村子。开始吃晚饭了，姥爷说着："该来电了！"同时就去拉电灯的灯绳，村里只有天黑之后才供电。灯泡就在方桌上方，玻璃球体里的钨丝释放着昏黄的热情，它是寒夜里的灵魂，整个屋宅的精气神都来自它那里。遇大雪天，电线往往会出故障，天黑尽之后，电还是来不了。那个时代，村里唯一的电工，是不折不扣的特权阶层，而且还相当于科技工作者，比后来的高级工程师以及现在的IT工程师都要牛得多，永远吃香的喝辣的，衣着体面，被迎来送往。他永远都是从俯视的角度去看人，你可以得罪村主任，但是不能得罪电工。如果实在来不了电了，那就只好点上煤油灯了。煤油灯的灯罩是一个大肚子玻璃瓶，里面装着煤油，棉绳灯芯泡在里面，灯头是金属的，带着可调节灯芯以控制亮度的旋钮。煤油灯的光亮在风中忽明忽暗，有时还会跳动，人的影子被那昏昏的光晕映在墙上，放大了好几倍，恍恍惚惚，偶尔会吓自己一跳，仿佛聊斋故事里的某种情形。方桌坐北朝南，左右各有一把椅子，姥爷几乎永远占据着左边即东边的那把椅子，我如果不小心坐到了那里，他就会把我撵到右边即西边的椅子上去，印象中只有年纪比他大的同辈分的兔姥爷过来时，他才把左边椅子让给他，而自己暂时坐到右边去，“你兔姥爷比我大。”姥爷向我解释。我一直不明白，兔姥爷怎么就叫兔姥爷呢，他的小名叫“兔”呢还是属相为兔？有一次城里的姨父来了，不小心坐在了左边那把椅子上，结果姥爷把脸拉得老长，几近铁青，在背后一个劲儿地埋怨姨父“不懂事理”，我说：“若是我爸爸来了，也可能坐到你那把椅子上去的。”姥爷马上纠正我：“你爸爸一次也没有坐错过。”我爸爸凭什么就有能耐坐不错椅子呢，不得而知。长大以后，我学古汉语或古典文学时，特别留意过这个问题，想弄清楚究竟左为上还是右为上，结果是越弄越不明白了。

大雪封山，大雪封门，积雪都快赶上我大半个身高了，小村几乎被大雪埋了起来。夜间，偶尔会听到屋外头传来“咔吱”一声响，是树枝被积雪压得断裂了。雪下得太大，连村里两个一天到晚在外面溜达的著名的光棍都不见了踪影。一个是本家族的，有癫痫病，发作时会口吐白沫在地上打滚，他的名字叫小坏，平日总是游手好闲地在我姥爷家门口瞎逛，他老大不小了还没娶上媳妇，而且注定终身不婚。我姥爷见他走过来，就叫一声："小坏，吃了吗？"我也跟着叫一声："小坏——"我姥爷马上就冲我吹胡子瞪眼睛，"别没大没小，叫舅舅。"我只好改口恭敬地叫了一声："小坏舅舅——"小坏舅舅歪着嘴，乐呵呵地答应着，抄着手继续朝前走，不知为什么，小坏舅舅给我一种一年四季都穿着棉袄的印象，他的两根棉袄袖子已看不清楚颜色，只是显得锃亮，上面抹着新旧叠加的鼻涕。这样的大雪天，小坏舅舅一定被他妈妈叫回家去了，在堆满柴火的灶火跟前猫着了。村东面岔路口那里光滑的大石头台子上，也落了厚厚一层雪，那里原本每天都坐着一个比小坏舅舅年纪更大一些的光棍，也是娶不上媳妇而且注定终身不婚的人，叫孟苦瓜。孟苦瓜的命，真苦啊，从小死了爹妈，自己智力还有问题，大家都说他是一个傻子，住在只有三分之一棚顶的破屋茬子里，不会做饭，抓生麦子吃，这样的人一辈子只能当"绝户"了。可是我无论如何也感觉不出他傻，还经常跑过去逗逗他，他对我也挺和善的，后来我长大了，也还是没看出他究竟哪里傻来，他每天不也活得笑嘻嘻的嘛，看上去比村里其他人似乎还更快活些。我把我的想法说出来，请教我姥爷，我姥爷忍不住咧着嘴笑了："你看不出他傻，那是因为你也傻。"下大雪后，孟苦瓜不见了，估计被好心的大娘婶子叫到家里去了，这样的非常时期，可不能让他在外面有个闪失。很多年以后，某个外国总统成为我心目中的偶像，我一看到他的视频和图片就两眼发直，我要求我妈跟我一起喜欢他，我妈却说：“他的形象有什么好？他那样子，完全就像你姥爷村里那个孟苦瓜。”我气得无语了。

清晨起来，院子里的雪地很肥沃。雪地上印下了一串动物脚印，姥爷走过去，研究了一会儿，想判断是什么动物来过，“来过一只大仙。”姥爷说。大仙指的就是黄鼬。姥爷家的庭院对面是一片无人住的屋茬子，也就是房屋废墟，其他部分都破败不堪，唯有朝向我们家庭院的这面山墙还是完好的，黄鼬肯定是绕道我家到那里面去的。我曾经在雪地里见过一只黄鼬，有一次只有我一个人在家，我蹲在堂屋门前外面的台阶上，面朝着那面屋茬子的山墙，埋头摆弄手中一个雪球，雪球刚放在手中时，手里感到冰冷，后来我紧握得时间久了，雪球变硬，快成了冰疙瘩，手就麻木了，反而感觉热乎起来。就在这时，我抬起头来，忽然看见在那面青灰色山墙下，在离我五六米的地方，一个身材苗条、面容清秀的金黄色茸毛动物正安安静静地站在那里，它的两条后腿完全没入雪地，两条前腿举在胸前，小手悬着，一动不动，它有小圆脸尖下巴，眼睛水汪汪，完全就像一个俊俏灵动的小女孩，它望着我，我望着它，我们俩就这样互相对望着，呆怔在那里，我觉得它有话对我说，它真的有话对我说，它马上就要开口对我说了，在感觉里似乎这样过了好长时间，它才忽然决定转身离去，拐了个弯，钻过阳沟，去了那片屋茬子。它走后，剩下我呆呆地蹲在雪地里，好长时间缓不过神来。

接下来，还没吃早饭呢，就听到屋后的小道上传来了

“梆……梆……梆……”的敲梆子的声音，我仿佛看见单肩挑着豆腐担子的妇女，扁担一头挂了一只扁圆的豆腐筛子，盖了细薄的绒布，上面还放了一杆秤。她把拿实心小木棍的一条胳膊环绕过扁担，敲着另一只手里的长方形空心木器，那声音在雪地里回响着，显得格外清脆，传得也似乎比平日更悠远些。这是最日常的乡村打击乐器，它把这大雪天敲得更加闲寂了。这样的天气，竟然还有人出来卖豆腐。姥爷以最快的速度走到里屋盛起一瓢黄豆，拿上小铝盆，出了院子，过了一会儿，他就从雪地里走回来了，手里托了一块刚刚换来的卤水豆腐，那豆腐竟还微微冒着热气呢，冷的白雪和热的白豆腐，两者就这样相遇了，情何以堪！姥爷一进屋就说：“不得了了，听说昨天晚上，北场里栓柱家圈里的小猪被狼叼走了，下这么大的雪，狼一定是饿坏了。”

大雪天，姥爷大部分时间都在侍弄屋子里那只铁炉子，劈柴，填煤球。我屋里屋外来回跑着，无事忙。姥爷生气了，嫌我开门次数太多，把屋里的热气都放跑了。我实在闷得慌，就决定开始独自演唱，就是一边唱一边跳舞，动作都是自己胡乱编的，我唱的是《白毛女》选段，字正腔圆：“北风拿着锤，雪花拿着瓢……”长大以后才知道，那句歌词原来竟然是“北风那个吹，雪花那个飘”，我很不以为然，觉得原文其实远远不如我小时候误解里的那个意思更生动。

黄昏，家家开始做饭了，炊烟从雪地里升起，玉米饼子的香味混合着雪的清冽。这时节，姥爷很喜欢熬上一大锅疙瘩汤，来当作晚饭。先用葱花和姜丝炝锅，再倒水进锅，待水煮沸之后，把提前用面粉兑水搅成的小面疙瘩，一撮一撮地下到锅里去，做成汤粥，接下来放一点儿白菜叶或者萝卜丝进去，再打上鸡蛋花，加点儿盐，出锅前滴上香油，这样一锅热腾腾的疙瘩汤就做好了。喝疙瘩汤的好处是，连饭带汤带菜，一下子都齐全了，两三碗下肚，不仅充饥，还能取暖，热乎乎的，浑身暖洋洋地舒坦。姥爷和我，祖孙俩在灯下，在方桌前，喝疙瘩汤，发出呼呼噜噜的响声，那响声里有一老一小互相陪伴的欣慰。为了显得高一些，我跪在了椅子上，把头埋进粗瓷大碗，嘴巴上抹了一圈糊状物。我穿着工装棉裤，棉袄外面套了布褂，这些衣裳的图案全是方格子的，不同颜色不同大小的方格子，褂子右胳膊的位置还用别针别了一个手绢，随时可以擦嘴抹脸，小辫子共扎了三根，两根耷拉在双肩，还有一根贴着头顶，匍匐在脑门右前方，全部用彩色塑料皮筋捆绑着。小辫子是一个没出五服的本家的舅母帮我扎的，我早晨起床后，要走出院门，穿过石板路小街到对面她的家里去找她，让她帮我梳头。她嫌我头发是自来卷，不守规矩，就用梳子蘸些水，把我的头发梳理得尽量熨帖，辫子绑得紧紧的，有时梳得过于紧绷和结实，就可以连续两三天不必梳头了。

夜晚，躺在床上，茅草屋顶上传来风刮过时的窸窣之声，两扇对开的堂屋正门上面安装的是玻璃窗，而厢房里的窗牖是木质方格的，上面糊了可以透光的薄纸，风吹得那纸在抖动着，对我说着“冷”。夜里我迷迷糊糊起来如厕的时候，风声消停了，不小心从堂屋的玻璃小窗往外瞥了一眼，看见月光正映照在雪地上，雪地像一只大碗，盛满了月光。我特别留意了一下我妈从城里给我捎来的新鞋子，它们好好地待在方桌旁边的地面上，这下我算放心了。我老觉得在这样神秘的夜晚，鞋子会逃跑，两只一起逃，或者走失掉其中一只。

当然，下了大雪，不能错过堆雪人。无论是大人还是小孩儿，都准备好扫帚和铁锨铁铲吧。把雪聚集在一起，堆成一个大雪球，上面再堆放一个小雪球，分别当成身子和脑袋。接下来，用两块瓦片当眼睛，垂直地插上一个胡萝卜当翘鼻子，再用一只大纽扣或者一个红山楂当嘴巴，也可以划上一道上扬的红色弧线既当嘴巴又当笑容。至于穿戴，给它戴上一顶礼帽或者一顶毛线帽，脖子处围上一条围巾，帽子和围巾的颜色，选择鲜艳一些的当然更好，身体正前方呢，再竖立着镶嵌进几颗石子，表示大衣纽扣。这样，一个雪人就做成了。

天气越冷，雪人就越精神抖擞，那圆胖的体内似有清冽之声。它有一张人畜无害的脸，有懵懂的憨态，简笔画一样单纯的线条，让人老想跑过去，张开双臂抱抱它。而雪人也有悲哀，与生俱来的悲哀。第一个悲哀是迈不开腿，不能走路，只能守候在原地，一动不动，眼睁睁地看着小孩子在旁边蹦跳，自己空有一颗雀跃的心。除此之外，雪人还有一个更大的悲哀，就是不得不与西北风和零下摄氏度做朋友。有时候它会做噩梦，梦见春天，当被噩梦惊醒时，它惊魂未定，恰好看见阳光照了过来，照在自己身上，它的皮肤开始有些发痒，它开始有了忧虑，阳光会把它整个人照得萎靡不振，照得汗流浃背，照得体积越来越小，直到化成一洼清水，不得不与这个世界告别。雪人永远只能站在你的家门口，却走不进你的屋门，它既向往人间温情又不得不逃避温暖，向往爱又不能爱，它过着充满悖论的人生，而这一生又是如此短暂，它才是质本洁来还洁去。

上高三时，我每天乘坐那种有两个车厢的大巴去上学。学校周围有山，车需要上下坡，下大雪时，为了预防打滑，每个车轮子上面都会捆绑上那么一长串铁链子来增加摩擦力，那链子粗粝、豪放、大大咧咧。坐着这样的汽车，轰轰隆隆地行驶在冰雪路面上，感觉像是乘着战车或者坐着坦克去上学。我总是站在两个车厢之间，在邻近车门的地方，手里拿着历史课本，并不去关注车厢里那带着雪的足迹杂沓，也并不去观看窗外风景，哪怕是浩大的雪景，我只是一路把书读下去，书里另有一场更大的风雪，压过了书外的这场大雪，命运之轮也拴了铁链子正轰隆隆地把十七岁碾压过去。很快我就离开了那座城市，据说有人曾经问起来："每天早上，那个总是站在车门口读书的女孩，怎么不见了？"

有一年，我坐飞机飞越北极，正前方大屏幕地图上显示着航班正好就在北极点上了。我把鼻尖贴在舷窗玻璃上，俯瞰下方，为了看得更清楚些，我把鼻尖压得扁平。下面是一望无际的雪原，阳光斜斜地淡淡地映在那无边的雪上，完全是一个耀眼的白色统治着的世界，飞机飞了很久，还是没有飞出这片雪原，一直这样望过去，无比震撼。渐渐地我开始感觉这片雪原不再那么具体了，而是成了一个抽象的存在和逻辑的存在，像是一个巨大命题摆在舷窗外，要我去探讨，企图接近宇宙之本原，“茫茫白色，白色茫茫，多么形而上学”。这是后来我在诗歌《过北极》里写下的一个句子，后来这首诗的英文译者将它翻译成：“Vast whiteness and white vastness, so metaphysical.”我觉得精彩极了，象形文字的重复意味和词性变幻之妙，竟可以在拼音文字里找到如此准确如此到位的对应，这里的拼音文字似乎深得象形文字构字组词方式之精髓了，为了表达那茫茫和白色，那白色和茫茫，这几个英文单词此时此刻排列出来的这个模样和队伍，它们的那种形式感，看上去是不是也契合了大地白茫茫一片的苍茫与纯粹，是不是也特别地形而上学呢？

我设想，如果在小说或者散文里描写到一场大雪，写到大地上的茫茫白色和白色茫茫的时候，如果需要使用上一大段文字，那么这一大段文字里应该没有标点符号，因为所有标点符号都是多余的。实在应该将标点符号统统省略掉，让这段有关大雪的文字，真正像一场大雪无垠地没有间断地没有缝隙地铺展在大地上那样，壮观地铺展在稿纸上。在意识流作家那里当然早已写过这样的后现代的小说段落，至于有没有作家真的这样写过大雪，就不得而知了。

当一场大雪纷纷扬扬地覆盖了这个世界时，最适宜做的事情是什么？我的回答是：发呆。大雪遮掩并填平了原来日常生活中的一切，无论是良善的、邪恶的、肮脏的、繁荣的，还是庸俗的，都被遮掩起来了，世界只剩下一片无垠的皑皑白色，这时的大地就像一个空白的预言。人忽然置身于这样一个纯粹的背景和氛围中，现世的一切似乎远离了，人一下子进入到一种神性的光晕之中。这时候，只有发呆，只有发呆才算得上是正经事。发呆，在这里也可以理解成出神，指的就是进入冥想，达到一种愉悦的忘我状态。人的整个身心都从过去的那种紧绷的态度转变成了松弛的态度，朝着万事万物敞开来。这是一种不作为的光景，任由自己去了，任由事情自然地发生和发展，也可以说是一种类似灵魂出窍的创造性的状态，思绪乃至神经末梢仿佛通过一种看不见的电波，与宇宙的内部和深层联结在了一起，接收到了来自天上的信号，于是乎，人似乎回复到了人类的初始的样子，回到了伊甸园。那是在佐也山中吧，松尾芭蕉写下了这样的俳句："拿起扫帚要扫雪，／忘却扫雪。"拿起扫帚正要劳动呢，竟把原本要做的事情给忘了，为什么忘了？那一刻以及接下来都发生了什么？作者没有交代，我认为那一刻作者一定是站在茫茫雪地里，发起呆来。那一刻那场大雪忽然把他感动了，他一定产生了沟通天地之感，认识到这个世界的神秘性，进入到一种类似于禅宗甚至更为深邃的宗教的状态，他在发呆，专心致志地发呆，所以就把扫雪这样一件属于洒扫庭除的日常俗事给忘了。罗伯特·弗罗斯特有一首诗叫《雪夜林中小立》，诗中写到他和他骑着的小马在夜晚到达一个农村朋友家的树林边，不见人烟，他并没有去通知和打搅朋友，而只是在那里停留下来，欣赏披上雪装的树林，听着风飘绒雪轻轻拂过的声音。这时诗人在做什么？他和他的小马一起，在雪地里发呆，这样静谧美好的时刻，可以与天地精神独往来，竟使他一时半会儿忘记了继续赶路。

在茫茫大雪覆盖了一切的巨大布景之下，那些仍然也还在咬着牙努力，孜孜不倦地上进，把工作的喧嚣和琐屑带进生命里去的人，真的是太没趣了！那样的人真是把活着的手段跟活着的目的给弄混淆了，当梦想、美和诗意——这些都是我们人类活着的最终目的——忽然免费地呈现在一个人面前时，有的人竟视而不见，仍然在各种各样的事务和生计——这些虽重要但只是生存的手段——构成的泥潭里面深陷着拔不出来，忙啊忙，低头赶路，埋头数钱，抬头看手机查股市行情，对着电脑赶写公文，这样的人真的是太傻了。这时候即使是一个乞丐，在去往地铁车站行乞的路上，也会停下来，对着茫茫雪地发呆那么几分钟的，在那短短的几分钟里，也许他会不小心想到永恒。生命中最美好的事物，对于永恒的冥想，往往都不是从功用中赚取的，而是由上天随机赐下来的福分，而恰是这看似无用的冥想生活，才会使人类社会更加完美。黑格尔曾经明确表达过这个意思，托马斯·阿奎纳也流露过一点儿类似的意思。

下大雪了，可喜可贺，古人比我们活得有意趣多了。

《世说新语》里有个雪夜访戴的故事，说的是：东晋王徽之住在山阴，半夜起来，往窗外看去，白茫茫一片，于是，这样一场大雪唤起了激情，他又饮酒又读左思，忽又心血来潮要去剡县看望隐居的好友戴逵，于是立即乘船沿江溯流而上，走了一整夜水路，在船上观看了一夜雪景，他像那场大雪一样兴高采烈，第二天清晨才到达朋友家门口，这时感觉已经很尽兴了，于是没有敲门，直接掉转船头，打道回府，人问其故，回答说："乘兴而去，兴尽而归，何必见。"看古人活得多么即兴和洒脱，一场大雪是用来审美的，一场大雪是用来抒情的，一场大雪是用来让自我生命更丰满的，那是灵魂中的一场大雪，所以过程才是主体，目的不过是副产品，既然过程如此美好，至于目的，可以忘却，或者可以干脆直接省略掉了。

明末清初的张岱，则在大雪之中特立独行，西湖大雪三日之后，湖中人鸟声俱绝，天与云、与山、与水，上下一白，这时的张岱真有雅兴，竟夜半独自前往湖心亭去看雪，更出乎意料的是，还在那里遇到了两位也在夜半来赏雪的人，双方惊喜，志趣相同，惺惺相惜，一起饮酒。唯有内心足够丰盈之人，才会在如此大雪之夜，离开人群和家人，形单影只地出走，去往荒僻之地。这样的人可以独处而并不觉孤单，大自然的寂寥与人的寂寥恰好交相辉映，相看两不厌。这样的人会产生出一种可以与天地对话的静悄悄的喜悦，这样的人偶尔也会一个人不小心笑出声来，他的笑声，只有雪会听见，那些碎琼乱玉，会以簌簌之声或者咯吱咯吱之声来回应。

《红楼梦》第四十九回、第五十回，写到下雪了，宝玉起初担心这雪晴得太早没意思，第二天虽门窗尚掩，见窗上光辉夺目，他埋怨天晴了，日光已出，而揭起窗屉，从玻璃窗内往外一看，原来不是日光，竟又是一夜大雪，下了有一尺多厚，天上仍是搓棉扯絮一般。接下来在这琉璃世界里，大家都很兴奋，穿戴各异，吃鹿肉喝酒，踏雪寻梅，出题限韵，作诗联句，还要作画，瞧瞧，一场大雪带来了多少乐趣，堪比节日，而且又具有那些世俗节日所不能相比的风雅。

至于那个林冲，他的故事里那场雪下得那么大，自然界的暴风雪最终演变成了他命运的暴风雪，他心中的暴风雪，他性格的暴风雪，他行动的暴风雪。那雪下得密，下得紧，下得急，下得猛，下得有压迫感，下得凶险，下得惊心动魄。那场大雪有着铿锵的节奏，有着风风火火的诗意，唤醒并撩起了一个人内心早已潜藏着的愤怒和反抗，使一个逆来顺受循规蹈矩之人变成了一个勇敢决绝桀骜不驯之人。如果没有那场大风雪的激励，林冲很可能还上不了梁山。他的被逼上梁山，当然有着某种内在必然性，但最后的总导演则是那一场旷世的大雪。皮兰德娄有一个短篇小说《瘦小的燕尾服》，写一位身体肥硕的教授租来了一件瘦小的燕尾服，去参加自己女学生的婚礼，瘦小的衣服穿在身上令他烦躁不安，紧绷的袖子还开了线，这时女学生的妈妈忽然去世，导致本来就不太愿意这场婚姻的男方家想取消婚礼，这位性格原本优柔寡断无所作为的教授，忽然一改上帝赋予的本性，雄赳赳气昂昂地镇住了要解散的众人，慷慨激昂地主持了婚礼，挽救了两个相爱的人的命运，这造反成功的勇气和力量来自哪里？正来自那件瘦小的燕尾服。同理，可以说，林冲最终上梁山造反的激情，也跟那场暴风雪不无关系。

印象中，绝大多数大雪总是在夜里下的，人在熟睡了一夜之后，早晨起床，拉开窗帘，一抹亮光豁然映入视野，哇，下大雪了。这给人一种错觉，仿佛是由于自己整夜酣睡而招致了这场茫茫大雪，这场大雪肯定跟自己长时间的昏睡有关，睡眠使得所有郁闷都化成了水汽结成了冰晶，如果自己睡得时间短一些或者只是浅睡，引起的可能只是小雪或雨夹雪；如果只是打个小盹儿，天就只是阴下来；如果我压根儿没有睡，那么天兴许还是晴的吧。这场大雪是睡来的，睡了一整夜，早晨醒来，竟获得了这么一个大雪的奖赏。

这个由大自然颁发的奖，必须领。

大雪天，我曾经一个人徒步十几里去本城北面的一个大湖，观看从冰雪里伸出湖面的零星的枯荷，它们比绿叶高擎骨朵欲放时更能打动我。看完枯荷，吃着一根冰糖葫芦，再步行回去。

大雪纷飞，曾经一个人冒雪步行去市中心，为一个即将结婚的女同学买礼物。最终买了一个布娃娃，她扎着小辫，脸上有小雀斑，我就抱着那个布娃娃，在雪里走，深一脚浅一脚。

大雪过后，曾经一个人去了黄河大堤，穿着红衣裳，在像墙一样的大堤上走，看雪和太阳互相照耀着，看河面漂浮着挂雪的冰块，看留在北方过冬的野鸭从灌木丛里突然飞起，它们的翅膀把冰雪和沙土带上了晴空。

我喜欢在大雪天里，穿大棉袄裹长围巾，抱着一棵雍容硕壮的大白菜，在大街小巷疾走，厨房案板上一块卤水豆腐正等着它。顶风前行之时，感觉自己就像英勇的女游击队员，正为破碎的山河，护送着鸡毛信。

大雪铺天盖地，盖地铺天。我也曾是风雪夜归人，独自赶往回家途中，天气越来越冷，心却冒着热气。等到了家，打开门扉，把灯掌上，把咖啡泡上，把窗帘拉上，把枕边书打开来，就这样一下子安静了。听着雪在窗外轻叹，忽然感到活着的每分每秒都消失得太快。

当大雪正下得起劲，或者在大雪刚过之后，有的时候，愿意跟很要好的朋友一起出去，在雪地上奔跑，跳跃，打滑，打雪仗，摔倒，欢天喜地，乐极生悲，用身体写下祝愿和向往。多年前，在一个我生日前后的大雪天，我跟一个私交极好的我的女学生，一起从外面办事回来，为了防止在积雪路面上滑倒，我们不得不手拉手走路，有相互搀扶之意，就这样一边走一边说着话，不知怎么回事，话赶话，我提到很多年前自己的一个恋爱故事，讲到了某个荒唐细节，她忽然很机灵地问了一句与性有关的话，那句话极其可笑却又一语中的，于是我忍俊不禁，她也跟着开始笑，忽然两个人笑得失去了平衡，一个牵连着另一个，同时四脚朝天，仰面倒在了雪地上。望着旋转的天空，那笑声依然无法停止，竟越笑越起劲儿了，两个人后来索性在雪地上笑着打起滚来，滚着滚着，我忽然有点儿认真地对她表示：我又想去谈恋爱了。

一位如今已经调动去了海边的闺蜜，在她还没调走时的某个冬天，那时我们都还年轻呢，我们冒着大暴雪在校园中照相，我们都不是喜欢照相之人，不摆任何姿势，只是呆立着，随便照了一张就等于完成了任务，算是对自己和这场大雪都有了个交代吧。那次我们把相机套弄丢了，白茫茫大地上，竟无论如何也找不到那个黑色的相机套。等照片洗出来，吓了一跳，上面的两个人在完全无意识的情况下，身体朝向同一方向倾斜着，那倾斜度仿佛是用尺子量好的，完全相同，丝毫不差，脑袋也全部朝着同一方向歪着，那歪过去的角度，也像用尺子量好的，丝毫无异，而脸上的呆萌表情，竟也完全一模一样，两个人穿着同样款式的棉袄，就那样站在雪地里，天哪，这像什么？我们异口同声："像企鹅。"她调走之后，我们常来常往，有一次，她来了，住了几天，想走时，下了大雪，导致航班停飞，高速公路封闭，火车大面积晚点，还买不上票，她只好继续住在我家里，感谢大雪替我把好友挽留下来了，我们得以继续围炉夜话。又过去了很多年，一个冬天，她坐高铁过来了，一场大雪之后，正值雪化之际，我们坐在一个很著名的泉边，晒太阳。我们什么也不做，只是看着泉旁那个亭子上的枯草以及瓦楞里的积雪，雪在融化，雪水从亭子的翘檐往下滴答着，又落入下面的泉水之中，泉水再荡漾开去，似乎这就是时间流逝的速度和节奏吧，不紧不慢，却一去不复返，只有当蓦然回首之际，才会发现它竟如此迅疾。那瓦棱上的积雪在一点儿一点儿地减少着，天光渐渐转暗了。就这样，从晌午一直呆坐到黄昏，想到从相识到现在，已经过去了二十年，从青年到了中年，这二十年的友情依然纯洁而深厚，是各自生命中一场终年不化的大雪。年轻时观雪和中年时观雪，心绪还是很不一样的，宋词里写："少年听雨歌楼上，红烛昏罗帐。壮年听雨客舟中，江阔云低，断雁叫西风。"那么，如果将词中的"听雨"改换成"观雪"，少年观雪，中年观雪，那感觉上的区别，约略也是相仿的吧。

还是那个美国的史蒂文斯，他有一首诗，叫《雪人》，不知道他在这里指的究竟是什么，是指用雪堆起来的那种雪人呢，还是雪中之人，或者人在茫茫雪中的时候就像一个雪人？其实也不必过于追究，诗人很可能是在故意模糊上述几种事体的界限，以此来表达人与大自然的合一，人在大雪之中的忘我之态，表达自己那颗冬日之心。此诗行数并不少，实际上全诗只由一个英文的复合句组成。在诗中，雪的统治最终变成了一片透明，无论从道家去分析，从禅宗去分析，还是从玄学去理解，似乎都不错，但似乎又都不够完全，此诗从表面上看去确乎有些东方文化的影子，但诗人没有中国传统诗人惯有的那种对自我精神状态的粉饰，在写到洁白大雪和青松翠柏之时，并没有表现出自命清高，反而是按照现有的清凉温度一路继续冷下去了，直到彻底冷酷。诗人在诗中充分表达出了作者本人所具有的冰冷气质，此诗的内核倒依然是十分西方化的。在此诗原版的结尾，特别有意思，两行之内竟出现了三个

“nothing”，仿佛让读者看到一片空旷而没有任何人为附加意义的雪地，比“白茫茫一片大地真干净”还要坚决，比“千山鸟飞绝，万径人踪灭”还要绝对。

也许，大雪，这自然界中之物，确实是既具象又形而上学的吧。也许，大雪，可以当成四季之景中的《启示录》吧。

2017年10月

# 冬　至

地球系着一条金色的腰带。腰带上方和腰带下方，分别还有两条装饰性很强的蕾丝花边。腰带往上面的那条花边，是北纬23.5度，腰带往下面的那块花边，是南纬23.5度，太阳就在这两条蕾丝花边之间来回移动，这块区域，所受太阳的恩泽最多，总能遇到太阳直射的时候，而地球上其他地方永远都是斜射的。当它直射在最遥远的南边那条花边上时，北半球这一天所受的太阳的恩泽是最少的一天，夜最长昼最短，这一天就是冬至了。

每到冬至，我都会从脚到头产生出一股莫名的豪气。心跳并没有加快，倒是变得无比缓慢起来，但那心是坚忍的，仿佛刚刚挖出的战壕。

我的脑海里会有一本三百六十五天的日历，每个月份都被安放在一个大方框中，一共十二个这样的大方框，每个大方框中都包含了一些小方格子，而现在，我似乎看见了我自己正端坐在最后一个大方框中的倒数第九或者第十个小方格之中——这个小方格分成了黑白两色区域，黑的部分那么多，白的部分那么少，它是所有小方格中黑色最多白色最少的那一个。唉，已经走到了这里，再也没有退路了。

冬至，就是冬之最，冬之极致啊。

如果说冬天是一场战争的话，那么，冬至这一天的伟大意义，毫无疑问，在于实现了战略转移，冬至标志着已经从战略防御阶段进入了战略相持阶段。在这个阶段，什么办法也没有了，尤其在北方，回首来路，是冬天，是已经度过来的一个又一个寒冷的日子，展望前方，还是冬天，是接下来将要度过的一个又一个寒冷的日子，秋天离得太远了，连背影都看不到了，想返回去已不可能，而春天离得几乎同样遥远，在一个大拐弯的另一边，春天将是一场浩大的反攻，而在迎来这场大反攻之前，必须苦苦支撑，必须受尽煎熬。就像我十八岁第一次爬泰山，那时候还没有修索道呢，一步一步地从红门丈量到了中天门，实在是太累了，在那样的半山腰，不想再爬了，爬不动了，真想下山去，可山脚离得那样遥远，哪有力气下去呢，继续往上爬吧，玉皇顶离得也同样是那么遥远，哪还有力气上去呢，就这样僵持在了那里，真的是绝望啊，没有办法，又不能插翅飞走，也没有直升机来救援，只能坚持，只能熬啊，不知不觉就唉声叹气地把自己挂在了十八盘上，不知为什么，我在绝望之中又开始爱上了这绝望，这绝望里渐渐地又萌生了希望。

要熬，要咬紧牙关，要躲进防空洞，把自己裹进一只蚕茧，要安身立命。这时候，人忽然变得非常踏实，所有希望都变得渺茫，变得都莫须有，于是只好尘埃落定，产生出了死猪不怕开水烫的决心，这决心引发了安定和淡然。好吧，这个比喻不太好听，那就换成一个诗意的说法，如果引用诗人里尔克的句子，第一句是：“其实毫无胜利可言，挺住便意味着一切。”第二句是：“我已经太孤单了，但孤单得还不够。”如果引用雪莱的句子，那就是：“冬天已经来了，春天还会远吗？”

这时候的树木也在绝望中充满期待。在北方，光秃秃的树木别有一番风致，有铅笔素描的效果，尤其是大片的树林子，望过去，历历的，在昏暗的天地之间，裸露着最真实的意念，这是真正的删繁就简，只有在外在的东西全部去掉之后，灵魂才能显露出来，树的枯干在这时候也达到了极限，只剩下或许在看不见的树干的内部和中央，还留有一点儿潮润和青涩，一点儿模糊的对春天的向往。南方的树依然披挂着青枝绿叶，但模样并不像从前那么繁荣，在这个最深的冬日，在早早黑下来的天色里，也会显露出颓唐，菜畦也还是绿着的，但绿得已经很不情愿，在冷风斜阳里它们的表情上明显可以看出无奈和窘迫。动物也不容易，该迁徙的早就迁徙了，该冬眠的也早就冬眠了，剩下一部分还在原地，还在露天里，它们要么是逞强要么就是真坚强。在冬至这一天，在越来越暗的天色中，狗三三两两地溜达着，它们感受到了这一天阳光的淡漠，它们朝天空望着，很想吠两声，但不知为何终于没有发出声来，讪讪地走开了。身怀六甲的流浪猫察觉到日脚比从前更倾斜，于是它比往常更早地走在返家的途中，它的家在城南，在一条河沟的堤岸内侧，在一座桥下的避风之处，那里有粗大的暖气管通过，紧贴在那里，会感受到有微微的热气。只有麻雀看上去似乎没什么变化，仍然成群结队地挂在电线杆上，佯装五线谱，或者在地面上一跳一跳地找吃的，永远那么没心没肺，微微地小胖。

所以，这一天真的不容易啊。太阳不容易，地球不容易，花草树木不容易，动物不容易，人也不容易，冬至之后，接下去，气温最低的日子往往就要来临了，世界面对着一个低温的悬崖绝壁。想想已经熬过的寒冷，再想想接下来还得熬过的寒冷，实在太不容易。嗯，一年中黑暗最多光明最少的一天，这样极致的一天，不能就这么轻易地放过去了吧，必须犒劳一下自己，必须安慰一下这个世界，否则就是对不起自己和世界，就亏欠了。何况物极必反，天毕竟已经黑透了，夜晚已经达到最高值，往后只能是一线一线地亮起来了，大地阴气滞重到极限，阳气只能是表示往回返了。冬至一过，白昼一毫一毫地变长了，虽是迢迢遥遥地，但毕竟还是开始提上议事日程开始缓慢有序地一点儿一点儿地接近着光明和温暖了，所以，也算值得庆贺吧。如何表达这复杂的心绪呢？那就吃点儿什么吧，比如，水饺。

北方水饺的形状，外表不追求秀气，而是追求富态，最好是又大又胖，很喜庆的模样，待煮到沸水锅里，漂浮起来的时候，看上去很像一个又一个青蛙，志得意满。在乡下，它们盛在粗瓷碗中，或者放进那种可以沥水的细秸秆编成的浅口弧形筛子中，在一年中最黑暗最阴冷的一天，全家人团团围坐在一起吃饺子，这样的全体人员聚集似乎还有抱团取暖之效。昏暗的灯光下，饺子散发出的热气在方桌上方浮动，饺子是平民的幸福，是自食其力的诚实人的福利，这氛围，是不是有点儿像凡·高的《吃土豆的人》？

在没有大棚蔬菜的年代，北方冬天的水饺馅只能是以白菜和萝卜为主打，大白菜、青萝卜和胡萝卜都是比较容易储存的菜。如果要吃素馅的，那就把白菜或萝卜里面配上豆腐鸡蛋木耳；如果要吃肉馅的，那就把白菜或萝卜里面配上猪肉或羊肉。水饺是北方的象征，大白菜、青萝卜和胡萝卜，这些大大咧咧的粗菜，则是北方冬天里日常生活中的代表性意象。每到冬至这天，我妈妈总是让我们全家吃胡萝卜猪肉馅的水饺，调水饺馅时当然要放上葱和姜，对这二位配角，我虽然不喜欢，但又实在提不出什么意见来，最让我难以理解的是，还要放上五香粉，在那种由花椒、肉桂、八角、丁香、小茴香籽混合而成的怪味里，竟有一种人到中年之后才有的自满与怨恨交织在一起的气息，只需闻一下，就会对人世产生莫名的厌烦和反抗，每次我妈妈往馅里放五香粉时，只要我在旁边，都要大喊着制止："别放！"但我妈妈还是动作既坚定又利索地把五香粉撒了进去，并且面露得意之色。以至于许多年来冬至的味道对于我就是胡萝卜加猪肉加葱姜加五香粉加面粉的味道。由于我妈妈在饮食口味上的专制，我不记得在冬至这天我们家还吃过其他味道的水饺。调馅时，洗好的胡萝卜要囫囵着扔到锅里去煮一下，然后拿到案板上来剁得碎碎的，等着用来调馅，火候得控制好，要让胡萝卜既保持自身清香又不要太甜，如果胡萝卜太甜，水饺就不好吃了。

在北方，不知道有多少大学里的学生喜欢自己包水饺过冬至或者元旦。我刚开始教书的时候，可能所在的院校的学生比较贪吃，每年到年底这个时候，一定会以班级为单位包水饺。这个活动一般是在下午三四点钟就开始了，天色已经昏黄，在教室里，男生女生一齐动手包饺子，经费来自班费，炊具都是临时借来的，一时找不到擀面杖，就用啤酒瓶子来替代，人多手快，不需要多么劳烦，很快就包好了。接着把生水饺搬运到学校食堂里，借食堂里巨大的铁锅来煮，煮好之后，再用大铁笊篱捞起来，摆放到那种食堂里蒸馒头时使用的特大号蒸笼上去，再抬回教室里去吃。天擦黑的时候，看到不少学生从食堂往外抬蒸笼，那蒸笼很大，仿佛有一个地球那么大，需要五六个男生来抬着一个蒸笼，从食堂里往外走，蒸笼上冒着热气，水饺就裸露在冷空气里，他们抬过结了冰的路面，抬过雪地，迢遥地往教学楼方向而去，一直抬着上楼梯，进教室。大家欢呼着开吃了，伴以老陈醋，伴以大蒜泥或蒜瓣。那轰轰烈烈的阵势，南方考来的学生一定没有见过，这下算是见了世面了，他们在老家，冬至时要吃汤圆，那肯定是用细瓷盘碗盛好三位汤圆先生或者两位汤圆小姐，静静地养在清汤里，等着用已经“civilized”（文明化了的）牙齿怀着怜惜的心情来轻轻咬破。相比较而言，北方人把冬至过得如此壮观，甚至还有点儿悲壮了，不是吗？虽然在南方也过冬至的，但这个节日毫无疑问更属于北方。

冬至，还与星座有关，关系重大。星盘中最重要的太阳星座的划分原本就有着天文学依据，是以太阳直射赤道时的春分为起点，将太阳运行的轨道划分出了十二个区域，而人的基本个性据说要受出生之时太阳所处的那个区域的影响。阳历的11月23日至12月22日左右，太阳所处的区域为人马座，也叫射手座。冬至这一天，阳历的12月21日或12月22日，也有极个别年份是12月23日，太阳运行在黄经270度，依然还是处在这个射手座上，所以在冬至这一天出生的孩子还是射手座的，但这已经是太阳在射手座上所停留的最后一天了。冬至就是一个转折点，过完这一天，最迟也不会超过12月23日傍晚时分，从那时那刻起，太阳就要动身去落到别的星座上了，它要进入摩羯座。所以，冬至这一天，可以看成是射手座和摩羯座这两个星座的分水岭，两个星座要在这一天办理交接班手续。这一天也可以理解成从射手座向摩羯座的转移，从自由、真实、单纯、奔放向着规矩、从容、勤奋、稳健的转移。摩羯座是一个超级沉着超级有定力的星座，这个星座的人最能受得了煎熬，不达目的誓不罢休。冬天漫长，冬至之后进入的战略相持阶段，当然最需要他们这类人的品格。

中学的时候，我酷爱地理课，一上地理课就兴奋。我很少看课本，而是天天揣着地图册抱着地球仪，在心里暗暗地计划：古有徐霞客，今有路霞客，我将来一定要走遍祖国的大好河山，绝不能终老小城。再到后来，我的理想是周游世界走遍地球，再到后来，我都不好意思说了，每当在新闻中看到宇航员又去了外太空，我就想，那飞船上的人为什么不是我？如果条件允许的话，我绝不会拒绝坐着飞船去月球或者火星的机会。没错，从怀揣着地图册和地球仪那时候起，我就随时准备逃离家乡，逃离祖国，逃离地球，至于目的地是哪里，我不知道，也不关心。

在地理试卷上，与冬至相关的题目，往往是这样的：某地有一幢楼，冬至这天，正午影长与楼房高度相同。那么，请回答下列问题，第一问:冬至日该地的正午太阳高度是（　）A．23° 26′．B．66° 34′．C．90°．D．45°；第二问：该地的纬度是（　）A.23° 26′ N．B.21° 34′ N．C．25° 26′ N．D．68° 26′ S。第一问，答案选D，第二问，答案同时选B和D。题目貌似复杂，其实很简单。

没错，我就是一个热爱地理学的射手座人，其实，没有一个射手座不热爱地理学。这个星座的人，生来就是为了远行和漫游的。每一场出行，对于射手座的人来说，都像出征。那些闭门不出的日子，不过是两次远行之间的歇息而已，家的存在不是为了安居，它只是每一次出发之前做策划的地方，它只是每一次旅行结束之时做休整的地方，家就是这样一个永远为了出行而准备着的根据地。

在冬至这样特别的一天里，我会想：在最短的白天里，我能做些什么呢？在最长的夜晚，我又能梦见什么呢？

有一年，时间紧邻冬至，我去了哈尔滨。在我的想象中，那里有冰雪的美艳。飞机降落在零下三十多摄氏度的茫茫冻土之上，我在旅游鞋里穿了三双袜子，抵得上棉靴了，眼镜上几乎结了霜花，鼻子像蒸汽机一样冒着热气。天冷得真是过瘾，冷得嘎嘣脆。松花江结着冰，大雪覆盖着整座城，我在中央大街上一边走一边吃着马迭尔雪糕，吃了一支又一支，从西伯利亚吹来的说俄语的风正吹过索菲亚大教堂那大列巴面包形状的圆顶！露西亚咖啡厅有绿格子的门，里面有煮沸的香气，我坐在那里喝着橙红杯子里的果茶。在塔道斯西餐厅吃高加索风味的罐焖牛肉和酥塔盒的时候，我忽然想起了莱蒙托夫！彼时彼地，落日过早地倾斜了，印在江上，贴在果戈里大街的石墙根，最终，又把微红的肚皮匍匐在了一望无垠的冰面上。

还有一年，一个很好的机会，我去了一趟冰岛。那时冰岛已经进入冬天，天空低矮阴沉，总让人觉得有什么事情要发生了。纬线缩短，经线聚拢，都将在不远处缩成一个点，而北极圈闪闪发光，箍在这个国家的头顶。在那里，维京人的后代们把车开得飞快，大白天行驶的车辆也按照交通法规开着前面的大灯，路上的车都是炯炯有神的样子。我一个人冒了小雨跑到一座有三百多年历史的墓地里去独坐了两个多钟头，那天那里只有我和一只野猫。这个建在二百多座火山口上的国家，遍地玄武岩碎砾，四分之一人口在写诗，剩下的好像都在画画和搞音乐。白天正越来越短，黑夜正越来越长，冬天正走在朝向冬至的途中，到那天，北极圈里就是极夜了，全天二十四小时都是黑的，而在雷克雅未克，太阳成了不愿意打理朝政的懒君王，直到上午11点半才开始上朝，而下午3点刚过就又退朝去睡觉了。我想象着，如此冬天，黑咕隆咚，出门不便，真适合闭门读书写作啊，最好是钻研哲学和宗教。

我在心情糟糕的日子里，曾一个人穿过大兴安岭去了漠河，一直走到中国最北点，隔江看见俄罗斯那边的山林和村庄，看见那边的哨所和小汽车。我去时冰雪还在融化，春天还在路上，急急地往那里赶着，因为纬度原因，凌晨3点钟，太阳就升得老高了，据说夏至那天，凌晨1点钟天就亮了，那时来这里的人比较多，幸运的话，可以看到极光。我住在一处原始的村子里，那里是中国纬度最北的村庄，我的房间离江边只有二十米，江对面就是异国，我几乎是枕着国境线睡下的。我问当地人，如果冬至时来，会怎么样？他们告诉我，冬至节的时候，黑夜长达十七个小时，同样也有看到极光的机会，如果冬至节去的话，可以围炉喝酒，还可以乘坐马拉雪橇。他们欢迎我冬至节再去住两天。我注意到，在他们的口中，直接就用了“冬至节”这三个字，这是在全国其他地方都没有的叫法吧，看来那里的人是真把冬至当成一个盛大节日来过的。

我一直想一个人去一趟俄罗斯贝加尔湖，只因自己不懂俄语而那里英语又严重不普及而未能成行。从北京飞行不到三个小时，就可以到达庄子写过的“北冥”“北海”以及苏武牧羊的地方。我想在那里度过冬至这一天。我想在飞雪之中奔走在蓝色荡漾的大湖边。我想坐在餐馆里吃着鱼子酱和奥姆鱼，望向窗外，看见直指苍天的教堂尖顶和挂满雾凇的干树枝，坐着发呆，看着天一点点地黑下来。

其实更多的时候，是哪儿也不去，只是待在自己的城市里度过冬至这一天。有一年冬至日，由于只顾看书懒得下楼，我已经连着三四顿没有吃饭了，黄昏时我从家里下得楼来并且好不容易走到了一个火锅店，我感到自己的身体已经没有了力气也没有了温度。火锅店铺面不小，加上又在过冬至，所以生意火爆。我自己的桌上安放了一个热气腾腾的电火锅，我一个人坐在那里享用。白菜、菠菜、豆腐、冬瓜、蘑菇、对虾、绿豆宽粉、木耳、芝麻酱、糖蒜、腐乳、酱黄瓜、韭菜花、水饺、杂粮面条……像罗列意象一样一盘一盘地摆开来，五颜六色，竟摆满了一张不小的圆桌。当时我穿了一件破棉袄，棉花在里面已经移动了位置，故有的地方偏厚有的地方偏薄，而有的地方却是空的；脖子上围了一条旧旧的马海毛围巾，色调黄中带绿，是从20世纪80年代带到21世纪来的纪念；有一只皮鞋在鞋底鞋帮交界处裂开了一条缝，另一只皮鞋的鞋底已经横着从中间断开来了，只有脚丫子自己能感觉得到，别人从外面是看不出的；假冒伪劣皮革背包上的拉链是坏了的，怎么拉也拉不上了，只能永远敞开着，偶尔露出包里的零钱；刚洗过的头发是蓬蓬着的，用一个细细的白铁片在脑后随便夹了起来，眼镜片上总有擦不净的一层薄灰，跟这个城市大气污染指数有关，眼睛大约总还是亮的，穿透镜片往外看着。我能感觉到从四面八方不断有人正朝我这边看过来，似乎还听到窃窃私语：瞧哪，那个女二百五，自己占了那么大一张桌子，还要了那么多吃的，她一个人吃得下吗？我稳坐桌前，把一整盘菜都扣到锅里去，接着再扣另一盘，火苗在锅底发出刺啦刺啦的响声，汤在锅里波浪翻滚，汹涌澎湃，后浪推着前浪，这一个人的冬至晚宴吃得豪气冲天。快要吃饱的时候，我忽然萌生了一个念头，想把服务生叫来，再给我上一瓶二锅头，要北京红星牌的，我要用牙齿咬开那金属的瓶盖子，仰起脸来，直接把嘴对着瓶口开喝，让酒精渗透进血管，唤醒身体里的自由，如果喝不完，我就把它带走，揣在棉袄兜里，走到零下十摄氏度的大街上，对着西北风喝……我想，如果那样做，一定是非常非常有意思的。这个念头尚未实施，只是胡乱那么想了一下而已，我便有点儿幸灾乐祸地笑起来，为什么幸灾乐祸，我也不知道。朝窗外看去，这时天已经完全黑下来了，一年中最长的那个夜晚开始了。

我国作为一个背靠世界最大大陆面向世界最大海洋的国家，因物理热学原理和地转偏向力而形成了典型的季风气候，冬天，风会从高气压的亚欧大陆向着低气压的太平洋吹去，夏天则相反，所以，冬天会刮冷冷的西北风，夏天会刮暖暖的东南风，这是从小就知道的常识。于是乎，这个常识运用到了《三国演义》里，就有了一个著名的“借东风”的故事，而且还跟“冬至”扯上了关系。为了突出人物性格并且让故事好看，作者将历史进行了很多的虚构和夸张，而且在时间上还特意安排让赤壁之战发生在了冬至。“欲破曹公，宜用火攻。万事俱备，只欠东风。”曹操刚刚在第四十八回里还说：敌人要是用火攻我们，就得借助风力，现在是隆冬，只有西北风，哪来的东风南风啊？我们居西北，他们在南岸，要是用火攻，就会烧了他们自己的兵营，我们有什么好怕的？可是到了第四十九回，那边诸葛亮挑选了冬至前夕跑到七星坛上装神弄鬼地鼓弄了一番，冬至日竟然真的刮起了东南风，当有人来向曹操报告风向时，不了解长江水文地理的曹操，其实自己也没弄明白这反季节的风是怎么回事，只好换成跟先前完全不同的另一套说辞，对手下人牵强附会地解释：今天是冬至，俗话说，冬至一阳生，阳气从现在开始就要一点儿一点儿地回升了，怎么能没有东南风呢？这其实也没有什么好奇怪的啊。接下来，孙权刘备联军就靠着诸葛亮借冬至之势辅以法术唤来的这股东风而兴起了朝向敌营的火攻，以少胜多，击溃曹军，从此三国鼎立格局形成。中国历史上著名的三国鼎立局面似乎最终竟是由一个叫作冬至的节气来搞定的，节气书写了历史，说来说去，责任得要由冬至这个节气来负，或者应该让气象局来负。冬至，阴气严重到极致，阳气顶多就是刚刚开始有了那么一丝一毫想要返回的意思，在可有可无之间，算得上是莫须有，怎么可能真的形成东风南风？即使史料记载当时这场战役中真的刮了东风，那也应该是由长江上的特殊地形而造成的局部现象，与冬至本无关联。我们尊重小说胡编乱造的特权，我们欢迎借小说来普及地理学气象学常识，只是不必当真。

而直接或间接写冬至的中国古典诗词则确实不少，足见这个节气在古代的重要性。读过那么几首，印象最深的莫过于白居易和苏轼的。白居易太喜欢写冬至了，似乎一到冬至就灵感大发，光读到的就有五六首了，看来这个极端的节气特别能够触动他的神经。从诗中可以看出，每到冬至，他的心绪都不太好，而他又很爱玩味这不太好的心绪，拿来入诗。不过，既然还有心去写诗，而若那诗就是心绪不太好的那个当下写成而不是来自后来的回忆，那么也可以说明那一刻他的心绪其实也还没有达到太坏的程度。他的几首诗写的都是冬至日的夜晚，有时写独自饮酒感慨胡须半白；有时写人老多病，心如死灰，冷风往窗户里灌，不得不向老婆要厚衣裳穿；更多时候写的却是差旅中夜宿客栈，形单影只，最终不得不在这个一年中的最长夜，枕着冷枕头，在凉凉的被窝里瑟缩着，病恹恹的，一个人独自入睡，作为远行人，此时此刻他格外思念家中亲人，偶尔也会格外思念一下曾经的青梅竹马的恋人。我感到奇怪，为什么白居易先生一而再再而三地在冬至日远行，不得不住在宾馆里：难道他专挑这一天出差吗？他一次又一次地强调他是独眠，强调床上用品冰凉，强调这是一年中最长的夜晚，强调他在这个时候犯了相思……看来他把“冬至最长夜”“长至夜”这个极端的时间和自然背景，当成表达极端生命经验的一个客观对应物，写出了自己的套路和模板。苏轼就全然不同了，他身体棒，不像白居易那么怕冷，也没有他那么顾影自怜，冬至日，人家不找同伴，一个人跑出去游玩了，去了吉祥寺，那里春天时牡丹开得繁盛，可现在是大冬天，什么花也没有，还下着冷飕飕的不大不小的雨，打湿了地上的枯草，不知道这位先生图的究竟是什么，反正人家就是快活，在一年中最短的白天，不仅自得其乐，而且还自鸣得意呢，自言自语："谁能像我这样呢，在不开花的时候愿意一个人跑了来！"看来，同样写冬至这一天，白居易侧重的是"一年中最长夜"里的愁苦，愁多知夜长，反过来，夜长知愁多，而苏轼侧重的则是"一年中最短昼"里的快乐，这么短的白天，得抓紧时间游玩，到别人看来没什么好玩儿的地方去自己玩。我猜，根据相对论，由于他的快乐，这个原本就是一年中最短的白昼一定会显得更加短促了吧。两位诗人同写冬至日，意趣却如此相反，这里体现出的是对同一事物的不同理解，反映出两种截然不同的人生态度。汉字文化圈里的日本和韩国，想必也是要过一过冬至的吧，16世纪的韩国李朝女诗人黄真伊就写过冬至，这个独眠女子突发奇想，要把一年中这个最长夜晚从三更之处剪裁下来一段，卷放在棉被下面贮存起来，等远行的爱人回来之后，再一寸一寸地摊开来，以此来延长春宵。而到了近现代，诗歌里直接或间接写到冬至这个节气的就少了，由此可见中国传统风尚在现代文明进程里的式微，因此，余光中忽然来了那么一句："冬至以后，春分以前，哪一种方言最安全？"竟格外耳目一新，让人记住了。

似乎有好多首以《冬至》为标题的歌曲，大多是流行歌，也听过那么几首了，竟没有一首是满意的。我不懂音乐，但光看那歌词，就已经相当不满了，有的既没写出"冬"也没写出"至"来，有的只写出了"冬"而没有写出

“至”来。至于歌中的爱情，大都吞吞吐吐、腻腻歪歪、哼哼唧唧，与冬至的关系并不大，就是放到清明、谷雨、夏至或者重阳去发生这样的恋爱，估计也是成立的吧。与冬至相关的爱情，即使不全是轰轰烈烈的、义无反顾的，至少也应该是坚忍的、爽脆斩截的、一往而情深的，情绪里应该有着这个时节的空旷和辽阔，这实在应该是一场看得见地平线的爱情。所以，我疑心歌词作者都是在北回归线附近甚至赤道附近长大的人，并未亲身体验过什么是冬至，当然不会真正理解冬至的含义。嗯，好吧，说这些都是废话，有待将来某个时候，等有了心绪，我自己写一首出来。

其实，除了“冬”和“至”的表层含义，冬至的内在哲学意义则在于它最大限度地体现出了冬天的真正主题：忍耐。是的，冬至揭示了整个冬天的主题，就像一篇长文，并不是卒章显志，而是写到了最中间位置的时候，在最冗长最沉重的那个段落里，不由自主地彰显出了全文的主旨。忍耐（endure和endurance），是作家威廉·福克纳所偏爱的词语，根据具体语境，也可以翻译成“艰辛地活着”，或者干脆用更地道更口语化的汉语直接翻译成“苦熬”，福克纳所有小说的深层含义均在于此，至于里面的人物亦如此：“他们在艰辛地活着”“他们在忍耐”或“他们在苦熬”。面对苦难，面对时间和无限，对付的方式不应该是绝望和逃避，而应该是苦熬，苦熬就是直视这个困境并且从头到尾地穿越这个困境，经历它的全程，这是人类保卫内心免于外界暴力摧毁的最有效方式，也是人到达澄明境界的可能途径，由此才可通向真正意义上的胜利。同样，布罗茨基引用弗罗斯特的诗句“最好的步出方式永远是穿过”以及哈代的诗句“目不转睛地直面糟糕”来表示面对苦闷时应有的态度，即沉湎于苦闷，彻底沉下去，沉到底，越早地沉到水底便能越快地浮到水面，他的这个意思其实也是忍耐或苦熬之意。

从一般观点来看，冬天在四季中算不上一个好季节，甚至还被看成一个坏季节，成为痛苦的指代。在物质贫乏并且取暖设施不完备的时代，冬季对所有生物都意味着凶险和考验，即使在物质充足同时取暖方式多样化的当下，老年人过冬也会战战兢兢，相比其他三个季节，冬天毫无疑问是发布讣告最多的季节，在个别奇冷的冬天，追悼会一个接一个。有一年冬天，我所在城市的某所大学的锅炉坏了，修理了很多个日子都没有修好，都快到元旦了，也没能供暖，于是那个校门口隔三岔五就要张贴出一张新的讣告，那面用来张贴的墙壁都心惊胆战起来，去世的都是老教师，大家谈论起来，不胜唏嘘。冬季是流感、哮喘病、心血管病及各种并发症频发之季，凡有些年纪的人，在冬天来临之前，就去医院排队打流感疫苗了，保命要紧啊。而冬至日，是整个冬天的中途岛，整个冬天的十字路口，是一年中阴气最重的一天，是阴气达到最高值的一天，任何事情到达巅峰之后，接下来只能是开始走向回落了，哪怕回落得很慢很慢，只是一线一线地在进行着呢，毕竟玩的也还是物极必反，于是冬至日还是阴气开始微微下抑而阳气开始微微上扬的一天，或者说是开始由阴气往阳气微微转换渐渐变化的一天，井底微阳回未回，作为一个阴阳交汇的否极泰来的节点，简直就是一个由死入生的伟大过程正缓缓开启的时刻。这样一个重要时刻，对于宇宙万物中凡是有血气的，是不是算得上生死攸关？中国古人用一个竖起来的直杆子来测定太阳的投影，这个杆子在正午时分影子最长的那一天，也就是太阳离得最远阳光斜射得最厉害的那一天就是冬至日，以此来判断出冬至到了，出于天人合一的理念，又鉴于自然界律动对于人体的直接或间接的影响，于是会让公职人员休假，即所谓冬至假，五天至七天不等。据说在民国时期，公共节假日尚未决定西化的时候，有那么一些年，冬至这一天还是要放假的，有鲁迅日记为证。绍兴那地方，很看重过冬至，据说旧时每到冬至，阿Q住过的土谷祠里，便有人去点蜡烛，小说《祝福》里也写过冬至那天祭祖，祥林嫂表现得如何卖力。我想，把冬至列为公共假期，先生大约是不会反对的吧。那么，为了向已经最大距离地远去而即将由远及近开始一点儿一点儿回归的太阳表达敬意，为了向在最持久黑暗里依然企盼光明缓缓到来的人们表达怜惜、慰问和鼓励，当然也为了继承中华传统文化中有益的成分，现在我们很有必要向有关部门反映和建议，再增加一个公共假期：冬至假。这样一个假期，会让正在漫漫冬天里忍耐和苦熬的人们，得以在途中有个驿站来歇息和休整，攒一下心劲，来继续下面的忍耐和苦熬。

我们在这里姑且承认或者假定冬天是痛苦的，那么这痛苦的冬天也是必不可少的。因为有冬天，春之轻扬、夏之热烈、秋之斑斓，才得以沉淀和总结，走入静默，走入决绝。冬天之“无”对应春季夏季秋季之“有”，冬天的绝对性和必然性对应春季夏季秋季的相对性和偶然性，冬天似乎为春夏秋三个季节背负起了十字架，经过陵墓和死寂，然后又复活，于是这一年才真正地具有了深度。如果春天是诗歌，夏天是小说，秋天是散文，那么冬天无疑就是哲学和宗教。因为有了冬天带来的肉体上和精神上的磨难，这才使我们对外部世界变化更加敏感，意识得以产生，心智得以发展，灵性得以精致化，就像树木恰因气温降水量气压等条件骤变而出现了年轮一样，我们也会因这种磨难而生长出身心的年轮，最终促进了人的内在力量的觉醒。人当然有权利并且有能力寻找幸福和安逸，而仅此是不够的，仅此也是不可能的，获得幸福和安逸的过程和代价往往是需要麻痹并放弃我们的感知力，获得幸福和安逸之后的结果往往是继续弱化并持续降低我们的感知力，而适度地抗击并承受磨难，则会锐化我们的神经，赋予生命以英雄主义的色彩，同时我们会因直面这磨难而获得自由——这个过程本身也具有创造性的特征。不是吗，当我们经历过漫漫冬天隧道而终于抵达那个有亮光的出口时，回顾来路，感觉自己经历的正是一条拯救之路，我们刚刚完成了一场自我灵魂的救赎。

这就是冬天这个万物衰败季节原本令人消沉颓废却最终反而使人斗志昂扬的原因，激情正来自人类直面生存困境和精神困境的勇气。这激情是潜伏在冰冷外表之下的，是内在的，因而也是巨大的。这当然也可看成是大自然对于我们人格进行塑造的重要例证之一。

由此看来，处于整个冬天之最重要环节的这个“冬至”，是一个多么励志的节气啊。

天黑透了，才会亮。在一年中最长的夜晚，有最充足的理由熬夜，泡上一杯黑咖啡，坐在书桌前台灯下，打开书。这时候似乎不太适合读纯粹的文学作品，倒挺适合读一下《圣经》里的《约伯记》，读读康德或者克尔凯郭尔。

在这样一个最漫长的夜晚，冷风在窗外呼啸，城市变得手无寸铁。不知谁此时还在街上奔走，把无望的爱情反复吟诵，不知谁在此时降临人世，用啼哭声打磨着产房，谁在数点钞票，谁在策划阴谋，谁开启了一瓶用来浇愁的酒？在这样的夜晚，幸福的人更幸福，孤单的人更孤单。天不知何时才能亮，再次升起的太阳会不会——依然如同在今天这个最短的白天里这样——模样像铁窗内囚徒的脸庞？

冬至日，站在冬天这个大广场的最中央，我们实在应该静静地思考一下冬至这个特殊的日子向我们揭示出来的有关冬天的主题思想。

冬至日，当默诵：“爱是恒久忍耐，又有恩慈。”

不仅冬至日，而且在整个冬天，都当忍耐，坚固我们的心。春天会来，还需等上九九八十一天。唯有忍耐到底的，必然得救。

2017年9月

# 飞机拉线

我的好友绿狐忽然对我说："我们俩在一起的时候，为什么总是能看到飞机拉线，是不是咱俩都闲得？"

她说这话时，声音清亮，与我并排坐在车子的后座上，她正要去往她那个城的火车站送我。车窗外面，是寒冷和虚妄，是年关。

我愣了一下，想了想，还真是的呢，我们俩在一起，看过星星，看过月亮，看过云，看得最多的竟然是并不常见的飞机拉线。好像只要两个人碰到一起，就不再脚踏实地了，看不见地上的东西了，而是一直仰着头，发呆，看天。飞机拉线也很奇怪，专门出现在我们的头顶上。

绿狐确实是可以陪我一起看天和发呆的人，只要跟她在一起，我便可以毫不犹豫地扔掉甚至完全忘记手中所有事务，立刻变得脚不点地，几乎一下子就上了房顶，骑着扫帚，飘浮在了半空，与她一起，变成两个闲人天地间。

愿意偶尔地甚至经常地成为从社会脱轨的闲人，是我们的共同特点。

如今绝大多数人都不肯这样做，大家都忙成了社会栋梁。有一天下午3点钟，天高云淡，我搭乘别人的车子从学校回家，一路聊得开心，这时刚好路过一个咖啡馆，我提议停车进去喝一杯咖啡，不料对方立刻否定了这个提议，并旗帜鲜明地出具理由:“我们正是年富力强的时候，应该回家抓紧时间写论文。”我当时自惭形秽，不敢再坚持，遂想起鲁迅先生的话：“我是把别人喝咖啡的工夫都用在工作上的。”好吧，我承认，我则正好相反，把别人工作的时间都用在了喝咖啡上，如此懒散，且从不羞愧。

三十岁的时候，我的个人生活由复数变单数，重获自由，绿狐则与家里先生常年两地分居。那时我们都算是快乐的女单身，两个人的身形和举止，看上去都属于那种弄丢了锚而难以固定在岸上的。我们常常一起跑到学校附近的金鸡岭去溜达。两个人一同出门，总是像出笼的小鸟那般快活，似乎抛在身后的是各种型号的大大小小的笼子，而我们终于从它们之中逃了出去。我们很快就到了半山腰。有一条盘山路旁放置了一些水泥电线杆，侧卧草丛。我们就找一条电线杆子坐下来，一坐一下午。往往是在深秋、隆冬或者早春时节吧，晒着太阳，漫无边际地说着话，半仰着脸。阳光温煦，淡蓝色天幕上，云总是在不紧不慢地飘着，头顶上有高高的黑色树杈伸出去，衬着这蓝白两色，天地之间，几乎能看到时光悠悠走过的巨大身影。忽然，由南往北，天空中出现了两道长长的白色雾线，把头顶上的那块天空硬是划分成了东西两个区域，“飞机拉线！”我们几乎同时欣喜地叫出来。也许那架拉出线来的飞机，还能被约略地看到，正在高天上奔跑着，而等它完全不见了踪影之后，那两道平行线仍然留在蓝天上，像一行或者两行诗句。

就这样，坐在那里看天，看飞机拉线，发呆发上一下午，只差去拍着手唱那首儿歌了：“飞机飞机天上转，满天划满银线线。飞机飞机天上飞，一飞飞到云里边。”

绿狐后来调动工作，去了海边。我们相隔近千里，坐火车常来常往，差不多把胶济铁路线当成了客厅。只要跟绿狐在一起，案头上电脑里的腐朽文件们便会很有自知之明地全部缄默，它们的主人开始格外关注春花秋月夏雨冬雪，每一个季节都变得正宗。有趣的是，我们有时走在城市里，抬头会发现飞机拉线；有时走在校园里，抬头会发现飞机拉线；更多的时候是走在野地里，抬头会发现飞机拉线。飞机拉线，仿佛命运，在天空中，一直等着我们。

在刚刚过去的上一个冬天，我去了岛城。我和绿狐一起去爬她家附近的一座小山。上山的途中，看到一个防空洞，旁边的枯树枝在透明的空气里，有疏薄之美。此处的山与我所在省城的内陆的山很不相同，那边的山多土，闷墩墩的，种满柏树，是儒家，而岛城这边的山则以石头为主，褐色花岗岩全像海中礁石，有的平坦直立，直接长成了纪念碑的模式，山上种的大多是松树，油松，而山形骨格清奇，想必是道家。如此说来，头顶上那片覆盖着全省的天空，瓦蓝瓦蓝的，应该是基督了。快接近山顶时，绿狐一步步地走近一面悬崖，我担心一阵风会把她吹下去，我在后面看着心惊，腿发软，缩着不动，声调惊恐地喊她快快停下，回头是岸，而她则嘲讽地回头对我微笑了一下，又勇敢地往前迈了一步。

其时我正被某个事件困扰，即使它早已成了明日黄花，我仍能感觉到是它把我抛到了命运的背阴处。它像一根刺永远地扎进了我的命里，怎么也拔不掉，走到哪儿都得携带着它，与它共存亡。当生活抹掉了表面那层松软肥嫩的奶油以及果酱做成的装饰图案之后，紧接着底下裸露出来的深棕色蛋糕坯并不可口，而且是粗糙的，甚至是丑陋的。已经有相当长的日子了，我一直在不停地旅行，几乎把旅行当成了事业和使命，痛苦可以自带驱动力，成为引擎，让我无法停止。我想用身体奔走的速度和奔走的反作用力所制造出来的巨大惯性把这根尖锐的刺从我的肉里抛甩出去，与它彻底脱离，丢弃到异乡的茫然的风中。我拉开门，带着简单的行李，专去僻远之地，专去荒原大漠，专去无人之处。我漫山遍野地跑，想把这天、这地、这遮遮掩掩的过去以及去向不明的未来，一起从血液里放出去！倘若我有绿狐的勇气和智慧的三分之一，都不至于这么多年如此认真地做出一桩错事，最终把自己逼到如此绝境。

到达山顶之后，我们俩站在一块磐石之上，越过教育、金融和政治，望向远处，往南，看见了大海。大海没有盖子，与蓝天坦诚地面对面，二者在相互校对。忽然，在已经偏西的阳光里，空中出现两道白色雾线，拖在一架飞机后面，正在快速地、不断地拉长着，“快看，飞机拉线——”两个人翘首而望，脸孔几欲与天空平行。那条白色雾线从东北往西南延伸过去，我们似乎还听到了飞机的轰鸣，这个冬日的下午刮着大风，把那两道白色雾线吹得仿佛略略有点儿弯曲了，一阵痉挛。

这时的天空看上去正在上升，似乎打算把我带走。我觉得自己就是那架飞机，天空一马平川，正加大油门往前奔，顶着大风往前奔，青筋暴露地往前奔，跑丢了鞋子往前奔，被一把刀剁着往前奔，被一把斧头砍着往前奔，被一道光追着往前奔，驮着磅礴的落日往前奔。这时候除了自己的内心，我什么都看不到，两眼发黑。至于那两道横跨在空中的白色雾线，是一场风驰电掣的虚无，与其说是体内迸发出来的对自由的向往，倒不如说是在体内蓄积了太多的苦闷，释放了出来。

一架银色飞机以及它拉出来的雾线对于目光的牵引，对于灵性的召唤，使人不知不觉地仰望，尤其是让这站在山巅的人，感受到了来自永恒的上方的教诲，恳请将自己从卑微中救拔出来。这可以望得见的海，这山巅，这巨石缝隙里生长着的一棵棵碧绿的油松，这山涧的积雪，这登攀的石阶，它们此时此刻，与这一切之上的透明空气和高远天空，以及环绕并穿透了天空和空气的柔和光线，加之风的大回旋和风的各个小侧面，不正构成了一座完美的教堂吗？也许，飞机和飞机拉线，正如同人类在这座教堂的穹顶创作出来的某一部分壁画，代表着人类重返天堂的梦想。这一时刻站在空茫荒野里认真看飞机拉线的这两个人，若非迟钝，便会模模糊糊地意识到这周围大自然中的事物，无论是一块岩石，一朵云，一棵松树，一片草叶，一只麻雀，一枝待放的蜡梅，或是一片越冬的菜畦，它们与她们自己，本是同根生。此时此刻在高处飘飘欲仙的这两个人，一定比囚禁室内或行走街区的任何时候，都要幼小和单纯，也有着更美好的人性。

前不久绿狐又坐火车到我这边来了，我们又一起去了本城的鹊山。那是一个1月中旬的下午，天很冷，山上全是青色巨石。这座山真是省城这边山系中的一个例外，多巨石多险石多怪石，似乎属于岛城那边的山系，像是从那边搬运过来，安放在这里的。我穿得像一只笨熊，松垮的鞋子无法抓紧地面，几乎是一点儿一点儿从山下往上蹭，而绿狐一直在我前面，轻松地把一块块巨石踩在脚下。终于到达了山巅，一起站在一大块巨石上向四周望去。北面有好大的一个人工湖，边界规则，蓝蓝的，斜仰在大地上，与它上面的天空是同一颜色，两相呼应。西北方向，小村庄包裹在干枯的树林子里，阳光把树梢映照得发亮，喜鹊绕树三匝之后，总算稳落在了枝头。往南看到了黄河，这条苦闷的河正在经历凌汛，偶见河面上的冰块，再转向东南一点儿，河上德国人修建的那座铁路大桥还在，这水上的钢铁构架并不像石板桥小木桥那样仅仅发出“逝者如斯”的感慨，而是进行着逻辑严密的思辨。我对绿狐说：“自从有了高铁，这座百年铁路桥就废弃不用了。”像是为了证明我的话是错的，紧接着一辆绿皮火车就进入视野，从这座铁桥上轰隆隆地穿过。而此时站在鹊山上，朝遥遥东面看去，中间隔着一大片低洼平坦的田野，可以看到对面正是那座叫华不注的山，我们开始畅想那幅著名的《鹊华秋色图》。天上几乎没有一丝云，天空是静静的钻石蓝，衬托着突兀巨石形成的山际线，轮廓分明，像是在古代。李白当年曾经来过此地，他围绕这座小山泛舟的那天，这里的山形和天空，应该就是这个样子吧。忽然，天空中出现了两道平行雾线。“看，飞机拉线！”我们一起欢呼着，从西南往东北，只见两道紧挨着的平行雾线斜斜地横过天空，经过山顶，潇洒而去。整个鹊山似乎一下子挺直了石青色的脊背。从我们站立的角度看过去，这两道白线驮着整个蓝天，或者说，蓝天是以这两道横线为轴铺展开来的。当那两道较细的雾线在空中渐渐变淡之后，它们中间的界线变得模糊，看上去似乎就成了一道朦胧的粗线了。大约由于站在山巅巨石上的缘故，这次感觉离那雾线相当近，似乎可以伸手够到，这样望久了，有灵魂出窍之感，人仿佛渐渐融进了整个晴空。李白写了三首与此地有关的诗，如果他那时有飞机拉线，还不知他会怎样夸大其词。

飞机飞行在相当的一个高度，飞行过程中消耗了大量的燃料，从飞机引擎产生并排泄出去的废气里含有水汽和部分热量，它们在进入大气层之后，与周围特定的低温空气环境迅速混合，形成了凝结的尾迹，看上去就是在飞机后面拖着一道两道的烟雾，这就是飞机拉线。飞机并不是在任何时候都会拉线，飞机拉线是需要特定条件的，其实在日常生活中，绝大多数时候看到的正在空中飞行着的飞机并没有拉出雾线。

所以，飞机拉线，既不纯粹属于自然景观，也不单纯属于人工景观，它像是二者的结合，却又不是简单的平等的组合。飞机拉线，似乎是工业景观乔装打扮并冒充成了大自然景观，是把机器引擎的功能隐藏在了蓝天白云的永恒之下。

工业和机械这样原本的理性之物，在天空中，会渐渐忘记了自己的出处或起源。这事物的背后站着人，是富有创造力的人，是人把它造了出来，而且此时此刻，这事物的内部则坐着人，驾驶它的人和乘坐它的人。这由金属和玻璃为主要外壳材料的理性之物，终究与人密切相关。其银色恰好匹配天空的虚无，它在错觉之中至少把自己当成了一只大鸟，它也越来越觉得有理由把自己当成一个活物，它身上潜在的动物性被封闭在金属构架之中，一旦进入高空，它立刻舒展开了筋骨，欢快地奔跑起来。

这样一架飞机具有自己的意志、直觉、本能和韵律，从自己的力比多产生出来激情，成为驱动力，在所能达到的最高速度中，携带着乌托邦式的憧憬，似乎可以与空中的星辰相争，加入了星际大战。在高速运行之中，一架飞机无疑具有速度之美，螺旋桨热烈地拍打着空气，梭形身体处在危险和纪律之边缘，刺破空气中无数的微小颗粒，碾压过每一秒钟，感受到穿过浩大的空间和时间之际的晕眩，在那样俯瞰尘世的高度，容易生出神圣之感，有了与上帝同在的喜悦，并把这喜悦挥洒幻化成了接近白云的形状——机械与天空共同制造出来的一种云，成为风景的一部分。这时候，工业和机械不仅具有了审美热情而且还具有了戏剧性。

这样的一种云，还真的有人把它命名为“云”的一种了，直接就叫航迹云或飞机云。它的形状比一般的云朵要规则，比自然界中偶尔见到的一种线条云也要流畅和平直。它处于艺术与技术之间，似乎接近着工艺美术。仔细看去，构成它的细部和质地，还有点儿类似数学里的点动成线，一架飞机如同一枚子弹，从空气中划过，由于温度、喷气装置和高度等诸因素，像雁过留声人过留名一样，留下了它自己的轨迹。

就这样，最终，金属、水汽、热量、速度、流体力学、冷凝，所有具有物质深度的一切，统统被简化成了几何形式，两条挨得很近的平行线，如此流畅地被画在了蓝色天幕上，出现在视野里。飞机拉线毫无疑问具有几何美学特征，是建立在理性思维之上的既简洁又明快的秩序之美。飞机拉线出现时，感觉这两道长长的白色线条，最有资格成为这个时代的天空的LOGO，而且极具现代感。几何线条其实是先于文字而出现和存在的人类记事符号，被标记在山洞石墙上和画在陶罐上，而这最原始的——则由于对事物内涵的高度概括力，由于形式感与直观认知带来的视觉冲击力——又成为最现代的。中国画里的云一般都是呈弥漫着的轻雾状，西方油画里的云大多是有亮度有质感的一团团或一层层，而飞机拉线这种云，洒脱、流利、精简、符号化、强调形式层面的意义，更能体现当下这个世界的审美情感。

确实，与其说，从形象上来讲，飞机拉线很像一架飞机在高空写了两行诗——想必还是两行关于自由的诗句——真的倒不如说，它在高空画了一个简单的平面几何图形，甚至写下了一个数学或物理的公式。飞机拉线所包含的数理特征，可以消除一般自然界之中云彩所具有的感官症候，使得那两道挺立在天幕的笔直的烟线，更加显现出了勇毅和远见卓识。

飞机拉线确实兼具形象和抽象的特征，既可以看成具象的云彩，也可以看成抽象的符号，同时又是在那样一个象征了天堂的高度，很容易就会具有了形而上的意味，仿佛来自更高处的谶言。

没错，人类一直相信特殊天象的出现，会预兆着全人类或一个国家一个民族一个地区接下来的命运，而云正是天象的一个重要组成部分。那么，像飞机拉线这样只有在进入工业时代之后才会出现的云，会遮盖什么样的人，并有什么样的声音从那里面传出来呢？

小时候，每次见到飞机拉线，我都感到非常讶异。六岁之前我寄居在姥姥姥爷家，经常独自拎着篮子去挖野菜。在山坡田垄，拿着镰刀，从一棵微小的麦蒿上抬起头来，偶然望向天空，哇，出现了奇迹，在那又高又远的天上，正快速地划过一道白色雾线，这白色雾线是从一个银光闪闪的类似三角形的物体里面没完没了地牵引拖拉出来的，我的心怦怦直跳。那一刻地球停止了转动。这使我想起大人拆旧毛衣时，让我帮忙，那边拿着毛衣一端，在快速拆卸，我则牵出一个线头儿，往另一端跑，毛线越拽越长，从堂屋一直拖到屋外的庭院，能够渐渐团成一个大线球。此时正值早春，周围是大山沟壑，杏花在贫寒的灰黄色山野里刚刚露出那么一丁点儿温柔的情意，看上去还那么脆弱，像是在哭着自己的青春。而这道在空中快速移动着的白色雾线似乎使春天的来临正在一点点地提速。这个银色物体的出现实在是突兀，让整个山野都不知所措。此时此刻，天空静止不动，山峦静止不动，梯田静止不动，柏树林静止不动，我静止不动，而只有这架飞机在移动，它身后的白线在渐渐拖长，它看上去那么小，渐渐地就看不见了，它拖出来的白线还留在那儿，像用白色粉笔描画到天上去的，过了一会儿变得轻淡起来，越来越模糊，像是被风一点点吹散了。地球于是又重新恢复了转动。我久久地站在那里，朝天空仰望着，直到脖梗酸了，才垂下头来，目光重新回到那棵正在挖着的麦蒿上，那棵麦蒿竟不再像先前那样吸引我了，它刚刚萌发，矩圆状披针形的褐绿色叶子还平贴在刚刚开始变松软的地面上。我略微有些晕眩，两行鼻涕顺势流淌下来，遂举起一根胳膊，用棉袄罩衫的袖子在脸上抹了一把。飞机拉线过去了之后，我久久不能平静，还要不时地抬起头来，不放心似的去看一下那空茫的天。飞机拉线完全消失之后，空气重新变得镇静和清凉。那白色雾线是一架飞机在空中的道路，然而道路消失了，那飞机不知去了何处，无法沿着道路去寻找，撇下了山谷和我，似乎陷入了绝望。

这一天是怎样的一天呢，竟然发生了那么大的一件事情，一架飞机拖着长长的白色雾线掠过了山间，恰好被挖野菜的我看到了。我确信整个村庄里的人，除了我，没人看到这景象或者说奇迹。它真的像一个神迹，不是虚构的，而是完全真实的，它像命运一样出现在我的视野里，给了我说不清道不明的启示。那时候，飞机拉线代表着大山外面的另一个世界，代表着自由、未来、超现实和未知的力量。我决定保守这个秘密，不对任何人讲起，这样它才真正只属于我一个人。可是到了黄昏，回到家中，看到正在灶前添柴做饭的姥爷，我还是迫不及待地说了。说的时候，不知为什么还有些气喘吁吁：“我今天，在坡里，看到了——飞机拉线……”

在那个20世纪70年代中前期的小山村，每当听到汽车的马达声或者喇叭嘀嘀声，小孩子们都要兴奋地从家里往外跑，循着那声音，找到那辆刚刚进村的汽车。那往往是一辆绿色吉普或者解放牌卡车。刚刚停下来的汽车还散发着汽油味，孩子们围观那辆钢铁怪物，同时大口地呼吸着这陌生的气息，这气息如同村里木匠使用刨子削木头时刚刚削出来的刨花那样新鲜，却比刨花味更让人敬重。如果见不到汽车，那么那种内脏全部裸露在外面的最低等的手扶拖拉机也是不能放过的，它靠喝柴油活着，有着果敢而粗鲁的气质。那些看惯了田野植被等自然之物的孩子们的眼睛理所当然会被这样带着震动和热气的精力旺盛的机械之物所吸引，所有这些有引擎的物件，都带着昂首阔步的侵略性，突破了时间和空间，突破了许多的不可能，跟村里的山崖、果园、打谷场、老牛、羊群、石屋和鸡狗相比，它们是陌生化的，具有挑衅之美。汽车和拖拉机尚且如此，更何况是一架更先进的飞机呢！那简直像神话一样——永远无法近距离接触而只能恍惚地望见其遥远的缩小了的背影，至于它的真正的轮廓和细节，或许只在村里放露天电影时在那黑白屏幕上有过惊鸿一瞥。

一架飞机飞过去了，它根本没有留意万米之下的一个不知名的小村庄，而它留在小村上空的白色雾线，却从一个孩子心上划过，刻下了一道永久的带着光芒的痕迹。这个孩子从此有了她自己也说不清楚的小小的苦闷，那飞机拉线使得周围的一切以及她自己都被放置在了一个更远的时间和更大的空间里，忽然显得无足轻重起来。她不知道自己长大了要做什么，她只知道自己总有一天会被父母接走，去念书，但念书似乎也不是什么大不了的事情，于是常常望着天空发呆。那时她已经模模糊糊地知道了人会死，飞机拉着白色雾线经过的时候，在那白色雾线的下方，山岗起伏，其间有很多的坟头，其中一座还算不上太旧的小坟，是姥姥的。当想到自己将来有一天也会死，想到自己死后，地球依然转动，飞机拉线依然还会出现在这片山坳之上的天空，她心里就难过起来，觉得自己必须得做点儿什么——但实在不知道究竟能做什么事情——来阻止住身体里这小小的苦闷的胚芽。

拎着篮子在山里挖野菜，看天，看飞机拉线，发呆，胡思乱想，是日常也是娱乐。婴幼时期即被从父母身边送走，造成与家人分离的局面，于是有了这样的无边的孤寂。这一定不利于人格的完善。就这样一天一天地长大，不得不从头到尾地穿过这漫漫孤寂，于是渐渐地臣服于这孤寂，并且信任这孤寂。这幼年的孤寂如此顽强，待成年之后，竟于心理上安装了一个保险装置，使得无论处在任何社会层面或任何群体之中，从来都不惧怕被边缘化，甚至还可以做到主动疏离。那种受困之感，以及对于自我不完美的认同，早在幼年时期就已经有了，后来所有环境里的感受，不过是某种意义上的复制而已。这人世只不过是一个主观印象，何必在意，只有仰面望天的那一刻，这依附在大地上的沉重的肉身，似乎才会感觉变得轻盈一些了。

天空的疆域也像在这陆地上一样有地形吗？跟陆地相比，天空是受人类活动影响比较少的领域了。大地可以很快沧海变桑田，山脉可以被炸开，建成居民小区；湖泊和湿地可以用土石填平，建成企业；村庄可以搬迁，开通高速公路……大气污染虽然严重，但毕竟并没有改变天空的形状，只要关闭建筑工地，减少污染排放，有一阵大风吹过，天空还会还原成从前的样子，像小时候的样子。确实，天空基本上看不出朝代和时代。那天在午后的阳光里，站在鹊山上，遥想当年李白游此地，鹊山周围当时是一片水泽，山在湖水中央，李白和朋友要乘船围绕着这座石山而行，而后来各朝代政府让河流改道，鹊山周围没有了水，最终变成了今天这样的干涸的平地和村庄。然而，李白当年来时看到的头顶上的那片天空，跟今天我们站在山顶上望到的这一片天空，丝毫不差，当时应该也有喜鹊在空中飞着寻找栖落之处吧。而只有在看到飞机拉线时，才意识到一架飞行器正飞过头顶高空，它制造出来的这种云是唐朝没有的云，遂意识到头顶上这片天空是具有时间性的，已经不再是唐朝的那片天空了。

人在孤寂的时候，人在闲暇的时候，也会身体懒懒的，神思恍恍惚惚的，表情怔怔的，忘了身在何处，忘了今夕何夕，会做起白日梦来，而且这时候也只有做白日梦才是最正确的事情。当然，没有什么事物像天空那样更最具有白日梦的性质了，天空上面，可以看成什么都没有——它从来不生产任何东西，也不丢失任何东西，同时，天空上面，也可以看成是布满了偏离大地现时情境的回忆、憧憬、幻想、野心、宽广的自由。汉语里的“天空”一词，其实也可以叫“天无”或者“天虚”吧，空、无、虚，只是从不同思维角度推导出来的近似概念而已，无论是空，还是无或者虚，都不是完全不存在，而是一种更大的存在，是无为，是超越，是自在，是无限。要做白日梦，当然要先得让自己处于“空”的状态、“虚”的状态、“无”的状态，这样那个局限的有形的自我才能进入冥想，超越眼前具体的社会性存在，超越自身的有限性和固定性，灵魂出窍。灵魂可以把自己从肉体中撕下来，剥离出去，独自向上，越来越接近苍穹——那代表着心旷神怡、轻盈、惊迷、恍惚、无垠和崇高的维度，以至于最大限度地接近宇宙中的那个“无限”，那个无限会使我们自然而然地联想到那个万能的造物主。而这种白日梦状态，不正是人类与超自然的力量相交接的那一瞬，不也正是最具有创造力的时刻吗？

“我们俩在一起的时候，为什么总是能看到飞机拉线，是不是咱俩都闲的？”绿狐这样问我的时候，我只是愣了一下，竟找不到理由去反驳她，不得不承认她说的还是挺正确的。我们俩确实都很闲，而与这“闲”相关的另外一些特征则是社会化程度低、孤寂、爱做白日梦，偏向不确定性远远大于确定性。总之不是那种揣着一个目的地夜以继日地低头赶路，好像相信自己会永生的人，而是相反，总爱走走停停，停停走走，并不是把人生当成赶路，而是当成了无边的游荡，对这个世界既充满热情又心不在焉，偶尔抬起头来望望天，发上一会子呆，不知道目的地在哪里，甚至认为压根就没有什么目的地。这也正是我与绿狐的友情如此绵长并且总是新鲜如初的根本原因。

绿狐早慧，十四岁上大学，十八岁读硕士，三十岁出头儿获得博士学位，她几乎比周围所有同龄人起点都高，却至今尚未“变相”成为当下社会模板里贴着各类五花八门标签的所谓“成功人士”。她的脸庞过于恬静，缺乏争先恐后的表情，神色总是淡淡的，她永远都在无目的地乱读书，那些书滋养她，使她的神情愈发淡淡的了，读书的另外一个功能是使她在与好友相聚时谈吐锋利，成为一个“趣人”，总是带着突然的光芒。我和绿狐虽未歃血为盟，但有着未曾夸张也并非虚构的那么一点儿惺惺相惜，如同清风从来都知晓明月，高山一向都懂得流水，埙的音色接近于陶笛——如是讲，其实有自我抬高之嫌疑，事实上，当真正面对着外部世界和这个社会的某个具体事实时，我远比她要胆怯，在山中的险路上和悬崖边两个人的不同表现几乎可以算作是某种象征或隐喻，印证着在现实生活中我的假英勇和她的真无畏。从我的角度看去，她有丰盈的感性和恰到好处的理性，能够领会并解构我的内忧外患，怜悯我那总爱撞上南墙的情绪昏乱与智力短板。有时一个人坐在屋里发呆，想到千里之外有一个绿狐这样的好友，可以随时坐上高铁来来去去，一起跑到山中，看看飞机拉线，感到今生真可谓富有，眼泪禁不住涌上来。我知道待到暮年，我还会为今生的这般友情而欣慰，老泪纵横。

小时候，三面环山，独自看飞机拉线。那时懵懂，那时乐呵呵，只是在特别偶然的某一个刹那，曾经朦朦胧胧地感到过一丝莫须有的荒凉，那是对于荒凉感的早期预习，却并不知道荒凉乃是整个人生的内核。人到中年，画地为牢地活在世间，巴掌大的房子里盛满逝去的时光，唯有满脑袋个人想法进进出出，而在这一切之外，竟还常常会产生出又得浮生半日闲的心境，与这么一个好友为伴，一起看看飞机拉线——她几乎是如今这颗星球上唯一的那么一个人，很难再找出第二个来了。每当那时那刻，就会忘记年龄，身体里一直居住着的一个小女孩，忽然轻快地喊出声来："看，飞机拉线——"于是一起仰起头，托举着那颗好奇心，望向天空，跟天空中那两道平行的白色雾线一起，蔑视着地心引力。没有触感的空气，是那样澄澈，没有丝毫妥协和犹豫不决的味道，似乎美德正在其中静悄悄地流转。是的，对于天空，理想就是现实，是唯一的现实。

这是一件多么美的事情，无邪而且清新。

2018年2月

# 稼轩起止点

宋朝，在我脑海里，如果有颜色的话，应该是石青色的，那是一种淡灰的绿色。至于质地呢，应该是有冰裂纹的瓷。也许那不仅是宋朝的颜色和质地，更是宋词的颜色和质地吧。

两个大词人，李清照和辛弃疾，皆与济南相关。当辛弃疾在沦陷区的家乡出生时，五十六岁的李清照正孤身一人漂泊在江南。济南的自然风物乍看上去并不像是一个风流之地，但它却出产了如此重大的两个风流人物，把它地理中的刚柔相济平分为宋词的婉约与豪放。

辛弃疾的出生地就在济南城的东北方向，一个因村河有四个闸口而命名为四横闸后来又改为四风闸的村庄。那里一马平川，如今紧临青银高速，万千车辆日夜相竞，又离遥墙飞机场也不远，归属临港街道办事处，临港，就是临着航空港之意。我在这个城市生活了四十多年，就出生在他组织抗金义勇军“壮岁旌旗拥万夫”的南部山区，那里属泰山往西北延伸的余脉，后来我又无数次从机场来来回回，每次几乎都是擦着他的村庄的屋顶起飞和降落，竟未来得及探访。

迟迟未去的原因，是早就知道那里一切有关他的痕迹均已消失殆尽。况且这位词人对于故里，并未在诗文中留下任何可供跟踪考察的蛛丝马迹，让人无法按图索骥。这确实令人费解，他出生并在这里成长，二十三岁才南渡，一生写过六百多首词，竟不曾有一首或一句来提及他的这个故里。如果说他年轻时忙于带兵打仗，没顾得上写，那么南下之后，尤其是在被罢免并择居江西上饶共二十年间，赋闲山林，午夜梦回，总该有某个刹那忆及故土，并留下只言片语吧。词中的他，总爱在江南遥望西北，但他望的也是宋朝沦陷的都城以及失守的大片国土，大都还是集体性的指代，是统称和泛指，即使是终于涉及自己的故里，顶多也就是到“泰岳倚空碧，汶水卷云寒”为止了，从没有出现更加靠近出生地的地名与风物，还没有特别具体地指向他自己的老家，即真正携着他个人体温的那座城和带着他胎记的那个村庄。对于年长他半个世纪的李清照，他当然是知道并且景仰的，有他写过的《丑奴儿近·博山道中效李易安体》为证，这可看成是他的一首向自己的女同乡致敬之作吧。

空间的巨大会造成空旷，时间的悠远同样也会造成空旷。八百多年的相隔，按照人生百年来计，似乎也算不上太远，然而举头八百年浮云，除了几条干巴巴的文字记载，一切具象的存在，毕竟都还是已经太模糊了。这种空旷除了可以让人产生无边无际的自由的想象，也会让人禁不住产生疑问：“那个人物真的曾经在这里存在过吗？”除去时光隧道在理论上的合理论证，实际情况却是，我们与古人的对话永远无法同步，我们回望古代，感觉那里是乌有之乡，从古代眺望我们，感觉我们是子虚之镇，乌有之乡与子虚之镇的对话只能是通过文字为介质，而这个辛弃疾提供的关于故里的文字偏偏是少而又少，以至于无。

忽又想起那句“不恨古人吾不见，恨古人，不见吾狂耳”。如果按照辛弃疾的这个逻辑，我们之间相隔了八百多年，对于这个克服不了的时间距离，感到遗憾的不应该是我，而应该是他，我并不惋惜见不到他，倒是他应该为见不到今天我这副狂放的样子而深深惋惜吧。

而同时转念一想，又会觉得，无论时光多么久远，时间毕竟还没有久远到发生沧海桑田的地步，脚下那片土地毕竟还是他出生时的那片土地吧。即使所有确定的痕迹皆无，而念念不忘，必有回响，也总还会有一丝什么东西能被不小心感知到的吧，哪怕这一丝什么，只是飘浮在空气之中呢，于是徘徊再三之后，终于还是决定成行。

1月中旬，一个数九寒天的晌午，天虽然很冷，但阳光明亮，空气清爽。我与其他另外三位友人驾车奔赴四风闸村。我一路在心里默背辛词。那些词没有一首是写济南的，当年辛弃疾这样做，不知他是否想过，这多多少少会让他的故乡人有些黯然神伤呢，这对于发展故里的旅游业也不利呢。流水青山过六朝，这故乡并不会永远属于金朝啊。

辛——弃疾，霍——去病，这两个名字总是在我脑海中一起浮现，像一副对联。很难说，辛弃疾的名字不是比照着霍去病这个名字来取的，而且字幼安，或许他小时候是经常生病的吧，所以要“弃疾”，才会“从小就平安”吧，同时或许还寄托了要成为像霍去病那样的名将的理想。

由于走高速又未堵车，四风闸村比想象中的要近了很多。下高速后往北拐入乡间，在一个岔路口看到往西去的土路旁，有一大片仿古建筑，最先看到的是一个写着“辛弃疾故里”字样的高大石牌坊，牌坊后面接下来是一大片占地很大的后人修起来的纪念馆。有一种说法，如今纪念馆所在的位置，也是辛家当年老宅所在位置。

像完成任务一样，以最快速度浏览馆中陈列，其实我对这些早已熟识的生平资料，并不感兴趣。倒是对于主人公的几个雕像、石刻像和画像看得较为仔细。

这个纪念馆门口站立着一座高大的辛弃疾雕像，看上去应该是二十出头在家乡组织民兵抗金时的模样。他的骨骼和身量一看就是山东人的样子，他穿戴的不是典型的官服，而是级别似乎比一般士兵稍微高出一点儿的战袍和儒巾，背着剑匣，佩着剑，带着盾牌或护甲，头微微昂起，眼睛望向天空和远方，脸上微微带着一丝稚气，浑身则散发出一股山野气息。

再往里看到在一个六角亭里一块黑石碑上面镌刻了辛稼轩遗像。据说版本来自他南下择居江西之后的族谱。虽然中国画人物较之西洋画人物，一向只讲线条和神似，并不符合解剖学细节，做不到形似与神似结合，本不必太当真，但就其来源来看，应该算是比较接近真实的。那上面的词人已是把朝廷的官服官帽穿戴着一丝不苟，服装上面绣的似是龙和云，至于人物面孔，从五官排列到表情气质都有一种概念化的庄重，眼睛似睁似闭，脸颊与其说丰端，倒不如说略有浮肿，胡子也梳得过于齐整和对称了。当然，作为人之刚刚死去之时的样貌，看不出壮志未酬，倒还是挺安详的，于是乎我开始疑心那个他咽气之前还在大喊“杀——贼”的传说，未必不是杜撰。

另外，走进展厅之后，还发现有一尊辛弃疾的铜铸侧脸半身像，除去风中飘飞着战袍之外，这尊像实在太像杜甫了：清瘦，胡须形状孤独而锐利，脸上写满了忧愤。辛弃疾毫无疑问是有忧愤的，但他的忧愤并不同于杜甫的忧愤，辛弃疾的忧愤里更多的是叹息和无奈，另外还有一些幽默成分，他的忧愤更有广度，具有超越之感，而杜甫的忧愤里包含了更多的穷苦、操劳和焦虑。

还看到一张辛弃疾的画像，那是一张在中学语文课本和历中课本上都出现过的经典画像。这张画像不知最初来自何方，它若能成为明朝大移民之前山东人的代表形象，那么山东人祖先长得还是很不错的。这张像把辛弃疾画成倒三角形的瘦长脸，脸上的骨骼布局匀称，眉眼鼻口有纵深之感。如今在山东土著里面还能经常看到大致这类长相的男人。我很满意在看到的所有雕像、刻像和画像中，辛弃疾都不是山东人中另一类常见脸型：国字脸。国字脸的人，在我看来，做官、打仗，都有可能是好样的，但是唯独写不了诗——要一个诗人长成国字脸，我们不答应。

纪念馆往西北方向走上不多远，就到了四风闸村子里面。

村中房屋参差不齐，以红砖瓦和水泥为材质的房屋和院落居多。另外还有一些年代久远的土坯房废墟，全部被丛生的杂树簇拥着。这个季节，正是村中整体色泽比较单调和灰暗的时候，但在这冬日晴空下，也有格外的风致。年轻人很少，大约都进城打工去了，只有老年人聚集在村中央一块地势较高并且朝阳的北墙根，一边闲聊着一边打扑克或者下棋。偶见一个年轻母亲推了婴儿车，颜色鲜亮地走在村中央街上，就会忍不住多看上几眼。狗比较多，有的急匆匆地低头走路，似去赴约会；有的身怀六甲，步履蹒跚；还有两只被铁链拴在屋顶上的瘦瘦的黑狗冲着我们汪汪叫着。

我们一边打听一边找到了村中的一个古楼。它最早的地基，有说是宋代的，也有说是元代的，后来翻修过几次，最后一次翻修据说也是在明代了。楼有两层，倾斜的屋顶上覆以竖排的青黑小瓦，墙体是灰砖的。全楼唯一出入口在楼体正面第一层，有一个拱形窄门，上面的木门是上了锁的，那锁锈得可以，不知多少年没有打开过了，窄门左右两边各有两个方形透气装置，但不是窗户。第二层，正面有三个拱形大木窗，背面有两个拱形小木窗，都是关闭着的，木质已腐成棕黑色。最好看的是楼两侧的窄山墙，各有一个用灰砖块垒起来的窗子，砖块的错落有致排列出了方形透气孔，窗子的拱形之上是已经褪了色的木质的雕花装饰，精美而不繁琐。隔年的浅黄色的枯草在楼顶那青黑瓦缝里摇曳着，再衬上旁边高举着两个鸟巢的光秃的泡桐，还有瓦蓝瓦蓝的天空，令人觉得这个午后的时光，无比缓慢和纯洁。

我真希望这幢古楼就是辛弃疾家的遗址啊！如果是，那该是多么大的安慰。可是走过来一个老太太，热心地指点并介绍，打破了我的幻想，她告诉我们这楼所属的人家，姓任，去年他们家在这个村里的最后一代中的最后一个人也死了，所以这楼目前就暂时没有了主人。

接下来我们打听这个村里一位叫任志明的民间辛弃疾研究者的住处，我们想去拜访他一下。我们按照指引，沿着冬天荒芜的农田旁边的小道，拐弯往村南头去，接着又进入了一个东西向的胡同。胡同尽头有一个车库，家中无人，狗吠深巷中。隔壁好心的邻居于是打手机把主人叫回来了，我们欣喜地迎过去，一交谈，却发现来人并不是我们要找的人。不知刚才在街上打听时，是我们没说清楚呢，还是乡音难辨，总之引起了误会。我们错找来的人，听说了我们的来意，告诉我们已经走过了，任志明家离古楼不远，于是就当了向导，又带着我们往回走。

原来任志明家的房子就在古楼往东一点儿，在我们沿农田往村南头拐弯之前的道路旁，坐北朝南，向着道路敞开着房门，迎着阳光。

“来人找你的。”向导在门槛外面就开始说话。

“我看见你们几个刚才往南边去了。”还没见到人，一个本地口音就响起来。

一个老人逆光站在屋里。看来他就是我们要拜访的任志明先生了。他穿着那种传统的深色的瓜皮袄和瓜皮裤，灯芯绒老棉鞋，腰里系了一根老羊倌那样的棉布绳子，头戴一顶有遮檐的皮帽，抄着手，这是典型的20世纪七八十年代北方农村老年男人的装扮。他的胸膛那个位置有些鼓鼓囊囊的，他比画着告诉我们，那个地方揣了一个热水袋，天太冷了，得保暖。他脸上的沟沟坎坎记载着岁月，他说今年八十四周岁了。我们惊叹："这么大年纪了！真看不出来！原以为只有七十多岁呢。"他马上纠正了两遍："不大，不大。"

等定睛看这屋子，发现这屋子其实是由北方农村庭院的"过档"改建而成，北墙上有两扇通往院落的房门，是固定了并锁死的，并堵上了桌椅，透过上面的玻璃可以看到对面的院落和有高台的房屋。

问起来，原来对面那房子也是任老先生家的，后来自己住不了，就让给别人住了，并未出租。

现在任老先生就只住着这样处于"过档"位置的一小间，七八平方米的样子。床铺靠着东墙，锅碗瓢盆炉灶等炊事用具靠着西墙，除去通向庭院的房门，北墙上靠着的是一张桌子，多功能的，放了吃的、喝的，同时也放着一沓沓已写满字的稿纸，还有至少四本《现代汉语词典》，其中有一本是打开来的。南面除了有房门和窗子，剩下的半面南墙上靠的是一个书架——书架上的那些书实在令人称奇，没有一本是国家正式出版社出版的，没有一本是通过印刷厂电脑排版印制出来的，而统统都是手写而成。露在外面的一层都是自制的书籍硬壳套封，书脊上用手写体写着书名，并配有简略的纹饰。内容涉及人物传记、家谱、村史、古典文学研究、个人文学创作……算得上广泛。我拿起一个厚厚的硬壳套封来，发现里面还盛着很多分册，拿起一册翻开来，每一页都是工工整整的手写体的影印件，有的还配有略微上了颜色的手绘线描画，都是神情飘逸的古代人物。我手中正拿着的一本是《稼轩忠义录》，匆匆翻阅，里面既有学术又有文学，是一位当代民间文人与辛弃疾的隔空对话，体裁风格属于半韵文传记，味道可能有些像陈端生的《再生缘》。

我悄悄地问同行中的一位书法家，这老先生的字究竟怎么样，他细看之后，点头，悄悄地但十分肯定地说："写得好。"是的，他的字无论单个看去还是通篇看上去，似乎都略带了一丝可爱的稚拙，少了社会气，不俗。

"老先生没有课题，没有申请国家社科基金。"我一边望着书架上的那些著作，一边故意发着感慨，一行人都来自高校，知晓这话的含义，于是都笑了。

"您上网查资料吗？"

"……会跌下来。"

"您从前做什么工作的？"

"耪地的。"

问及学历，轻松回答："自学。"

老先生风度舒展，神态自信，谈吐落落大方，还幽默。

他不说“农民”，而说“耪地的”。前者是一个社会身份，后者不是一个社会身份，也许在他眼中，耪地就跟写书的性质是一样的，都是出于自愿的自由的劳动，都能给身心带来喜悦。

谈及儿孙辈，一大群，他们都上了大学，都在城里工作了，有的还做到银行行长。

“儿孙们常回村里看您吗，您一个人生活条件如何？”

“有粮食吃，就行了。”

通过聊天，得知老先生从二十四五岁就开始从事辛弃疾研究了，那应该还是20世纪50年代末60年代初，至今已经将近六十年了。

接着任老先生拿出一个自绘的算得上精致的小纸本，让我们留下姓名和地址，那上面已经有了过去曾经来过的一个名单，其中有本地一家报纸，但看得出访问者寥寥。

我表示自己的字写得太赖，实在不好意思拿出门。

见我扭捏，任老先生只幽幽地说一句：“你人都出来了。”

后来还是让同行的书法家替大家写了。

老先生主动提出领我们去看村里一棵八百多年前种下的大槐树。

槐树在一个人家的院子里。我们到了门口，发现那家人不在家，院门是锁了的。我们只好轮流趴在门缝上往里瞅那棵槐树，槐树好大啊，那树干粗壮宽阔得像一块小黑板了。任老先生告诉我们，现在的槐树其实是最初那棵槐树枯死后又冒出来的新芽，树干中央还曾生长出过一棵梧桐，后来死了。他又告诉我们，这棵槐树当年应该就是在辛家花园里面的，辛家花园就是辛弃疾家。早些年间，村里有人发现过一张古代地契，上面在描述房产四至时，明确提到某个方向最远至辛家花园，可惜后来这张地契弄丢了。我们问及现在村里还有没有姓辛的，老人说没有了。又问及辛弃疾的后代都去了哪里，老人说山东这边因为担心他抗金给家人带来灾祸，都逃走了，晚年在南方的亲属，为了逃避朝廷主和派的迫害，也都逃散了，有的在“辛”字上面加了一个“古”字，改成姓“辜”，有的跟着舅家姓了“范”。

望向那家院子上面的天空，大槐树的树冠和树梢高出了村里所有屋顶。春天来时，它还会发芽开花，绿成一片，长出稼轩长短句那样的新枝丫。

我从前就听说过这棵槐树。来之前就特别想确认一下，这棵槐树是否见过辛弃疾，或者说辛弃疾是否见过这棵槐树。我把这个问题当成重大问题向老先生提出来。

“应该见过，那时候还是一棵小树苗。”

好啦，终于找到啦，这棵槐树就是我们跟辛弃疾之间的一个重要的介质。

这棵槐树见过并知道辛弃疾，辛弃疾见过并知道这棵槐树，而我们今天又见到了这棵槐树，相隔八百多年，我们总算搜索到老槐树这个账号和密码，连上了时间的WIFI，跟辛弃疾联络上啦。

接下来任老先生领我们去村子西南的辛家坟地。途中我们才发现老人走路时，腿有些不便利，他解释说他早年推小车时被车砸过，留下了伤。不过，他表示并不碍事，他其实很能走路，四十多岁时，一个人步行了五天五夜，走了上千里，去了渤海湾。我推算了一下，他四十多岁时，应该是20世纪70年代中后期至80年代初期。

“您去渤海湾做什么？做生意？”

“去看看。”

哦，原来如此，人到中年，走上五天五夜，只是为了去看大海。那渤海湾曾经是他的诗和远方啊。老先生是一个浪漫之人，骨子里还是一个诗人。

途中他忽然领着我们拐进了一户人家，冲着堂屋喊了一声：“走啊，来采访的了。”于是就出来了一位叫任廷华的老先生，体高魄健，尤其是那只壮硕的大鼻子很突兀，在脸部正中央确立了王位。老先生戴着有帽檐的单帽，帽子外面又系扎了个方头巾，我们简直没法儿相信他只比任志明小二十五天，也是八十四岁了，论辈分本该管任志明叫爷爷，但他调皮地说：“我叫他哥。”任志明老先生则回了一句：“我叫他王八蛋。”

我们都笑了，看得出来他们是亲密好伙伴，后者还是前者的工作助手。

辛家坟地其实是村西南的一片树林子，已经没有什么坟了，那里种着柏树和幼小的杨树，还有其他杂树，枯枝败叶堆积满地。任志明老先生一到这里，忽然变成了一个说书艺人，兴致勃勃地开讲：“那是一个月黑风高之夜……”就这样，我们听到了年轻的辛弃疾在山东老家组成义勇军抗金，后来加入耿京的队伍，南下向朝廷请缨献策，回来后又孤胆闯入金营活捉了杀害耿京的叛徒，连夜押送着南下渡过长江，提着叛徒脑袋去大宋朝廷的故事。

接下来他又讲了村里的一位他从小就熟识的抗日英雄的故事。讲述时他指着更南面的黄土包，告诉我们那就是村里抗日英雄任廷松的坟。他讲当年英雄如何跟入侵日军斗智斗勇直至极端惨死的全过程，日军用大刀把他一块一块地给砍了，把他的肉随手丢给狗吃。他讲述时，还穿插了他自己儿时挖野菜时路遇日军时的紧张心理活动，听得我们嘘唏不已。老先生有着很强的叙述和描写能力，并以生动细节取胜。他讲的这些作古之人，活灵活现，还带着人类的体温，仿佛他们从未离去，依然住在他家隔壁——本来嘛，不管过去了八百多年还是八十年，这些人物永远都是他的同村乡邻。

用手机百度了一下，没查到这个叫任廷松的英雄的资料，问及为何官方资料无记载时，他用自己的语言解释了，口音浊重，有些字眼儿未听清，但大体意思还是明白了，这个人，不属于任何阵营的正规军，只是一个自发的保卫家乡的人士，所以不见正规记载。任老先生表示他把这个人的事迹已经完整地写下来了。我忽然想到，眼前这位自己搞辛弃疾研究和记录村史的人，多像那位民间抗日英雄，他同样也不属于任何阵营的学术正规军，他只是一个热爱家乡文化并保卫家乡文化的有良知之人，然而，这个世界实在是很需要像他这样的活的记载，他是一位真正的学者。

今天我们真有幸，一下子见到了两位“异人”，历史活化石，当下弥漫的世俗之气似乎从来没有影响到他们，他们如此脱俗——他们自己并不知道。这两个人，身上的社会性已降至最低，抬头向上，望见天空，低头向下，见到大地，而他们是只活在天空和大地之间的那最单纯之人。他们所做的一切，与如今世上许多人对于所谓文化事物的搜集和热衷很不相同，那么多人只是在附庸风雅，而四风闸村的这两个老人，则是风雅本身——当然他们自己也并不知道。他们有着超越了时代的最安静的面容，在这并未与世隔绝的乡野，于恍惚之中，会让人误以为遇到了古代的圣者。

忽然不远处一架大型客机正准备降落，它已经飞得很低很低了，像平房屋顶那么低，村里的人似乎只要跳起来伸长胳膊就可以够到飞机翅膀。客机上的乘客透过舷窗一定看到了这个普通的村落，他们可否意识到，此时飞机正擦着一座宋朝就有的古老村庄而过，差点儿就抚摸到了辛弃疾家的屋顶。飞机制造出来的速度、声响和气势，早就大大超过了“马作的卢飞快，弓如霹雳弦惊”。我开始隐隐地为这个村庄的未来有了些许的担忧。

太阳开始偏西了，我们准备离开四风闸村，辞别了任志明老先生和他的同伴。

回程，我们还在谈论着这位老先生。就知识分子的本质含义来讲，这是一位真正的知识分子，一位乡村知识分子。不妨说，他就是这四风闸村的司马迁。如果在我们的大地上，每一个村庄都有这样一个——既出于热爱同时也出于责任——记载自己村庄历史的人，那么这些淳厚的乡村在面对坚硬的物质主义文明进程的时候，还有什么好惧怕的呢?

其实，在去四风闸村之前，往前倒数两个月，我还去过了辛弃疾的终老之地。那是11月中旬，北方大地已经全面进入冬季，南方却依然绿着，虽然绿得已经有些不太情愿。

我先坐飞机，再坐高铁，后乘大巴，再转三轮车，最后坐出租车，最终是为了抵达江西省上饶市铅山县，以及下属的稼轩乡期思村。

我到达铅山县政府所在地河口镇时，已是下午4点了。趁着天还没黑，我跑出去看古镇。这是徐霞客写过的地方，是辛弃疾当年择居的地方。古镇在信江旁边，江上有一座由许多只小船手挽手搭成的浮桥，我在浮桥上来回走了两趟，看到有人撑一支长篙，乘着竹筏载着两只鸬鹚在捕鱼。江的外侧，紧挨江畔卧伏着一个又一个圆滚滚的小山头，每座小山头似乎都是由整整一大块浑圆浑圆的巨石构成的，山上植被很少，仅仅从石缝里零星挤出少许，紧邻的山脚才会簇拥着蓬蓬绿色，至于那些山体的颜色，看上去基本都是黑褐色或黑棕色，有时望过去，略微发红，似乎有金属质感。我开始胡乱猜测，莫非这些山体石质中含着大量的铅元素和铜元素，所以才呈现出这种色调、质地和形态?铅山县中的“铅”读音作“颜”，它的含义还是铅的意思吧，地名是否由此而来？我还想出了另一种解释，武夷山呈东北西南走向，横跨福建江西两省，上饶正在江西东北部，这边的山仍然属于武夷山脉，铅山县就有一个镇叫武夷山镇，那么，即使作为最后余脉的这些不太知名的小山，其地质构造也与武夷山是相同的吧，应该属于沉积岩地貌中的丹霞地貌——此处看到的山与武夷山确实很相像，只不过作为强弩之末，规模已经很小了。

从浮桥上沿着缓慢而开阔的江面，朝着信江公路大桥那边遥望，可见大桥另一边江畔同样圆滚滚的一座山头上站立着一个巨大塑像，背对着信江和铅山县城，朝向西北望去，不知望到的是长安还是浮云，看来那应该就是新闻中所说的高达三十二米的辛弃疾像了。把一个像塑造得如此巨大，放置到如此悬空而高调的地理位置，可见辛弃疾在本地已然成为某类可以镇灾祸保平安的“神”，看上去似乎是在保佑铅山县风调雨顺，保佑信江别有洪涝之灾。

我用手机百度出这个塑像来，算是从屏幕上拉近了细细看它。这个辛弃疾塑像真是极尽威武之能事，身板像银行金库大门那么阔大厚实，明显中年发福，挺胸腆肚，虽左手拿剑右手执书卷，但武夫气过重而文人气不足，从神情到姿态都表达着踌躇满志和铿锵有力，而丝毫看不出遭贬卜居铅山之后的苦闷与困惑，当然也看不出在铅山引渊明为知己时那种《清平乐·村居》的呆憨与快活，这个庞大的辛弃疾塑像实在是过于主旋律了。

接下来去逛老街，这铅山河口镇虽说是在明清时期商业活动达到鼎盛，水运八省通衢，但其实这古镇在唐初就建成了，在北宋初年已经非常繁华，信息通达，距离南宋都城临安也不太远，又山清水秀，所以再到后来，被贬的辛弃疾就来了，他作为“离休干部”，先是在不远处的上饶带湖住了十四五年，带湖宅子发生大火后，又搬到原本常去小住并已经建好屋宅的铅山来生活，在瓢泉边一住就是十二年，直至死去。他来到铅山时，这条古街虽不及后来繁荣，想必也已具备某种雏形。

进入那条信江和惠济河交汇之处的九弄十三街，保留下来的大多是明清建筑了。巷子里的路面是由长条的青石和麻石铺成的，石板上有凹陷下去的印迹，是年深日久轧出来的车辙，不一会儿下起了小雨，这些凹陷之处就变成了水洼。主干街两旁是密集得让人喘不过气来的雕梁画栋，空气里有一种木质在时光里腐朽着的味道。大多数房子闲置着，有少数还在营业，茶行、纸店、药号、绸缎店、瓷器店。另有一些长长的窄巷子，杂草掩隐了高墙宅院，无比阴湿幽暗。当然有相当一些房子里面混住着不少百姓人家，还算是有人间烟火气的，有人正在古井汲水，井壁上生长着绿绿的蕨。我从河边只能容纳一人的窄道上走过，旁边的人家正开着门，茶桌摆在门口，这样经过时，几乎就进到人家堂屋里去了，“我有什么能帮你的吗？”难怪男主人忽然这样问我。

后来，天色渐晚，我在一个胡同里迷了路，怎么也走不出来了。这时一家房门敞开来，一个端了洗菜盆的女子弯着身子走出来接水，我就上前去询问怎么从这里拐到大街上去，那女子抬起头来，我几乎被吓掉了魂，那应该是一个被烫伤或者被烧伤得完全变了形的面孔，牙齿全部暴露着或者长在了嘴巴外面，在黑下来的天色里，更显得白惨惨的。我迅速逃窜，确信自己真的见到了鬼。

我就这样胡乱撞来窜去的，结果又到了一个胡同口，遇见一家门店或者人家正吹吹打打，一群人挤在门口。定睛一看，不得了，那些人披麻戴孝，房门口街上摆了一副棺材，一个穿黄袍的大约是僧人吧，正在那里做佛事或法事，口中念念有词。我走过时，那些人把头忽然一齐扭过来，在暗下来的天光里用诡异的眼神望着我。我大气不敢出，心里呼喊着“辛弃疾救我”，用一双已经被吓软了哆嗦得失去效用的腿逃掉了。

好不容易走出像迷魂阵一样的古街时，天已经黑透了。为了给自己压惊，我决定大吃一顿。正好在古街和现代街道交汇之处有一家看上去仿佛20世纪六七十年代公社食堂那样的建筑，里面是本地小吃大排档。我要了两大笼灯盏粿，一笼屉里有十个，两笼屉就有二十个。铅山是灯盏粿的发源地，糯米粿的皮可以是白色的，也可以是加了草汁菜汁那样变成绿色的，要先擀成饺子皮那样，中间平摊开来同时让四周边缘翘起，做成灯盏的模样，也像一个浅碟，然后在这灯盏内部放进肉末、香菇末、冬瓜粒、萝卜丁和碎豆芽，把这样一个一个灯盏粿像小蒸包那样摆放在笼屉上，再放到锅上去蒸熟，最后出锅时往笼屉里撒上一把葱花，就可以开吃了。灯盏粿真是好吃啊，又糯又香又清爽。而后来几天，我到上饶市区之后，又买过几次灯盏粿，运气实在不好，油汪汪的，腻得只剩了油味，吃一口就把嗓子眼儿给狠狠地堵死了，简直是在给铅山灯盏粿抹黑。那顿晚餐，我还吃了这里的另外一种小吃，叫荞麦粿，其实就是一种苦荞麦皮的蒸饺，里面的馅是白萝卜丝、虾皮儿和辣椒，又咸又辣，实在消受不了。还有一种清汤，其实就是小馄饨，我总不能因为馄饨改了名，换了马甲，就去来上一碗吧。当然还有米粉，放上酸豆角肉末，还是可以来一碗尝尝的。

据说灯盏粿与乾隆下江南路过铅山的某个传说故事有关，传说归传说，不能等同于历史，何况与乾隆有关的传说，基本上都不太靠谱，信不信都可。我想辛弃疾在这里生活了这么多年，像灯盏粿、荞麦粿、清汤、米粉什么的，肯定都是吃过不少的吧，这个山东大汉吃得惯吗？辛弃疾诗词中提及的食物，印象中不多，好像也只有酒、莼菜、鲈鱼、米饭、甜瓜、芋栗、荠菜、黄鸡、社肉什么的。

在河口镇的马路上，问过多辆出租车，竟都不晓得稼轩墓在哪里，甚至从来没有听说过，有的干脆把江边山头望向西北的那座高达三十二米的辛弃疾雕像当成了墓地。

那天晚上我住在铅山最豪华的一家酒店里，看上去有五星级的样子，每晚竟只要一百五十元人民币。我打开手提电脑，连上网络，开始做功课，好不容易搜索并联系到了一位对路线熟悉的出租车司机。

第二天一大早就出发。司机五十多岁，叫朱小富，小富即安，又姓了朱，这姓和名搭配得真好。我当着朱师傅的面，给他的车牌拍了照，往家里微信群里发去了图片。女子孤身出门，又是与陌生人一起前往荒郊野外，这样做是出于下意识。

从河口镇去往期思村的路上，正好路过鹅湖书院。去往鹅湖书院的山间道旁，开满了茶油花，绿叶，白瓣，黄蕊，很好看。下车细看，并摘了几朵。想起辛词中写花的句子，虽然写的不是这秋末的茶油花，而是其他的花："啼鸟有时能劝客，小桃无赖已撩人，梨花也作白头新。"

大约地处偏僻少有人来之故，鹅湖书院这个在中国哲学史上相当重要的地点依然弥漫着足够的古意，确实是"一榻清风殿影凉，涓涓流水响回廊"。院落里只有我一个人。脚下踩着石板上潮湿的青苔，不小心就能滑倒。朱熹、陆九龄、陆九渊曾经来此探讨学术。把那说明文字一一看去，古人对真理穷追不舍的态度，深深打动了我，对一向不喜欢的朱熹忽然间似乎改变了看法。其实，作为经院哲学家的朱熹在中国的地位，大致相当于意大利的托马斯·阿奎纳或者印度的商羯罗。他提出的"存天理，灭人欲"，单从字面上看其实没有什么不对，用来自上天的绝对真理和世间的普遍法则来约束人类日益膨胀并无休无止的欲望和贪婪，这不正是人类文明继续向前发展所需要的理性精神吗？除此，难道人类还有其他出路吗？尤其在那物欲横流的朽坏时代，这种提法和强调肯定是有价值的。天理和人欲，当然是可以共存的，而一旦发生严重冲突，到了非选一个不可必须分出先后次序来的时候，应该选哪一个呢？毫无疑问，一定是天理。

中年以后的辛弃疾更是常游鹅湖。后来陈亮、朱熹、辛弃疾三人相约铅山，那次朱熹有事没来成，只来了陈亮也叫陈同甫的，于是辛弃疾、陈亮这两个相差三岁的好友在此相会，就有了历史上著名的第二次鹅湖之会。那是冬天，“我病君来高歌饮，惊散楼头飞雪”。他们同游同饮，议论时政，相处甚欢，在一起大约待了十天，还留下了一个有关立志收复北方失地的斩马桥的传说。别后二人不断写诗相赠，回忆美好时光，一个写：“佳人重约还轻别……铸就而今相思错。”一人回答：“只使君，从来与我，话头多合……但莫使伯牙弦绝。”另一个又念叨两个人住在一起的细节和对话：“事无两样人心别……我最怜君中宵舞，道‘男儿到死心如铁’，看试手，补天裂。”另一个再回：“叹只今，两地三人月……男儿何用伤离别。”而另一个于是干脆直接写了一首千古绝唱来回应，里面有名句：“醉里挑灯看剑，梦回吹角连营。”辛弃疾双子座，陈亮天秤座，这两个风向星座的人可谓百分之百地合拍，二者之中，天秤更强势，双子在天秤面前要弱势一些，从他俩给对方写诗的数量和热情度上也可以明显印证这一点。我不禁想起自己在世间也有这样的同性好友啊，这比那种无论多么如胶似漆都会随时崩盘的男女关系更让人感到欣慰。

接下来从鹅湖书院去期思村瓢泉旧址。那就是辛弃疾此生最后居住的地方了。一路看到稻田里基本上只剩下了收割后的稻茬儿，还有个别早已熟透却不知为什么没有收割的水稻遗留在田里，望过去一大片苍茫的金黄，也有零星的未收的甘蔗，一簇簇地，挺立在秋风中。常有一种开着五颜六色花朵的树木掠过车窗前，叫不出名字，看上去似乎是木槿的变种。

公路旁渐渐出现了散落的农舍。接下来车子开始从大路往一条窄小的土路上拐，朱小富师傅提醒我："马上就到了。"

最外面一家农舍旁安装着太阳能，它的平屋顶上站立着一只低眉顺眼的小黑狗，张望着大路和小路，以及对面的秋野。

果真"茅檐低小，溪上青青草"，只是丰年的水稻收割了，蛙声已歇。

再往里开，看到有一家很衰败的黑瓦农舍，似乎已无人迹，但门前一棵细小的柚子树上却结满了硕大的柚子，像橙色的圆灯笼。这是辛疾弃家的柚子，或者，这是辛弃疾邻居家的柚子。

再往里，是更低矮的废弃了的房舍，以及一些菜地，更多的是茂草丛生的荒芜。这里很像那个地方，就是那个温柔敦厚的邻家："大儿锄豆溪东，小儿正织鸡笼，最喜小儿亡赖，溪头卧剥莲蓬。"

朱师傅指着荒地说："辛弃疾家的别墅就在这一片，几年前还能找到他家大石头的屋基呢，现在不好找了，都弄没了。"

幼安先生，你的老家来人了，从趵突泉边来到瓢泉边，奔波了两千里。幼安先生，来看你的人，是你的济南同乡，也是一个诗人，她的头巾在秋风中飘着，也是朝着西北的方向。

车子很快在一座绿绿的小山崖前停下来。一股潮润之气弥漫。

小山崖上种了竹子，还有一些杂草和垂下来的铁线蕨，崖壁上有湿淋淋的水光。小山崖的崖根有一块巨大的青石，青石表面上有两个紧挨着的天然石坑，看上去都是泉池。其实，我研究了好半天，认为似乎只有其中一个是泉，里面清水汪汪，一条不知是天然的还是人工凿出的很细的槽，把水同时又引到了紧挨着的另一个石坑里。两个石坑看上去都很像瓢。好玩的是，第二个石坑的边沿上有一大一小的两个凹陷的小窝，据说那是辛弃疾家当年用来放置碗盘的地方。

这眼泉是辛弃疾卜居于此的重要原因。“瓢泉”是辛弃疾起的名字，据说他当时想到了孔子评说颜回时“一箪食，一瓢饮”之句，颇有励志之意，那么，居于此，他偶尔也会想到故乡济南那众多的泉水吧，故乡的泉水跟这瓢泉一样清冽。

我在瓢泉之畔徘徊了很久，想象着当年辛弃疾在泉边的情形。守着这样一眼活泼泼的泉水生活，多么惬意，这泉给了他喷涌的永不枯竭的灵感。

根据他那个时期的词，可以想象当年瓢泉居所附近的大致样子。他在这里修建了以长廊相连接的村舍式别墅，起名草堂、秋水堂、停云堂之类，种了梅花、菊花、柳树、荷花、连云的松树和竹子，池塘里养了鱼，园子里还种了菜蔬，他在家中小窗前读书，可望见山影、稻田、鸥鸟，看见倒映水中的星和月，他常常饮酒大醉，与远方来客唱和，他关心乡村风俗，与村中的野老和小儿交往，发现他们的娇憨可爱……

接下来去往石塘镇，途中拐了一个弯，车子开上一个地势稍高的山路，从车窗向外，越过一大片开阔的野地和河汊，还可以望见期思村那边的瓢泉旧址一带。中间相隔的是河滩、水田、芦苇、高高低低的竹林，全部在绿中带着秋意，一群赤麻鸭在溪水中游过，三两只水牛那黑青色的身影，在滩涂丛林中忽隐忽现。我忽然对司机师傅说："停车——"然后下得车来，站在那山路上，眺望。我觉得自己忽然发现了辛词中所写乡村的意境，说不出究竟确切地属于哪一句，一下子冒出了一大堆，类似"斜带水，半遮山""云烟草树，山北山南雨""新柳树，旧沙洲，去年溪打那边流""鸡鸭成群晚不收，桑麻长过屋山头"……

从期思村到石塘镇，走公路得绕不少路，似乎还有相当一段距离。而如果像现在这样望过去，两个地点之间直线距离其实相当近，只隔着这么一大片开阔的野地和河汊。当年辛弃疾从家门口乘上小船，横过河去，估计半个时辰就可以到达繁华的石塘镇了。

穿过石塘镇古屋林立溪水相伴的窄窄长长的街巷，到达了镇子的最东头儿，那里的视野忽然又明朗起来。那里有可俯瞰整个石塘镇的绿绿的小山，上有奇崛之石，山跟前，弯窄的沙土路上有古界碑，还有一个小土地庙，庙门前的旧春联上的红色尚未完全褪去，一座古桥看不出年代，栏杆上长满了青苔，桥下是岸芷汀兰，鹅卵石浸泡在潺潺的溪水里。我站在那里，朝着河汊野滩的对面遥望，那有瓢泉旧址的期思村竟又一次重新进入了视野。刚才还大晴的天不知何时已暗了下来，抬头可见半个白月亮半隐在浮云中，不知何时竟有雨点儿落了下来……这不正是辛词里写过的吗？“七八颗星天外，两三点雨山前，旧时茅店社林边，路转溪桥忽见。”

辛弃疾的生命在铅山达到了最自由的境界。他中年以后的词作越写越多，也越写越好，呈喷涌之势态。越到晚年，他的心理越是发生了悄悄的变化，大约也发现那“了却君王天下事，赢得生前身后名”的宏大理想一旦放在更辽阔的时空里，未免还是很有局限的，于是写了很多关乎乡村野趣的生机勃勃之作。可见他心里至少还是比较明白了的，是啊，想必他年老时已经大致想清楚了吧，看那题目，多逗，《最高楼·吾拟乞归，犬子以田产未置止我，赋此骂之》，意思是说，我打算辞职回老家，儿子用没有置办田地和家产来制止，于是就写了这首词骂他。

说到辛词，在我看来，什么豪放不豪放的，豪放当然不假，但别人也可以豪放，还有用典，当然不错，但别人也在用啊，而辛弃疾对于宋词的最大的也是最独特的贡献其实在于，他使宋词最大限度地实现了口语化表达并且加入了大剂量的幽默成分。

鲁迅曾经这样写道：“谨案才子立言，总须大嚷三大苦难：一曰穷，二曰病，三曰社会迫害我。那结果，便是失掉了爱人；若用专门名词，则谓之失恋。”而这些文人几乎或多或少都有的毛病，唯独辛弃疾一条也没有。除了老年时真的精力不济病倒在床的时刻，他几乎一生身心康健，天天嚷嚷着要去打仗，被贬，起用，又被贬，再起用，又被贬，直到再起用，那时他已病在床上起不来了。一次又一次，他都不接受教训，屡败屡战，屡战屡败，赋闲在家，对于他是难受的，但自己劝自己，宜醉宜游宜睡，管竹管山管水，实在苦恼极了，排解不了，就登高楼，一遍遍地拍栏杆，他当然也不会失恋，上了年纪，就给些盘缠，把侍妾们一个一个地打发走。实在不行，到了最后，穷途末路了，还可以论堆，大叫着“吾衰矣”，还可以耍赖，“便休休，更说甚，是与非”。

这种结果，当然主要来自天性，但有相当部分或许也得益于他的出身。是的，他从来没有把自己当才子，他把肢体活动或者说体力劳动看得很重要，天天吵吵着嚷嚷着要去打仗啊打仗啊，不打仗我受不了啊，这在别人可能是耍嘴皮子，他可不是，他是真打过硬仗并以此为荣的，还想继续去打仗，如果今生不打仗，他会去做什么？他肯定会去种田，不是已经自号稼轩了吗？他说：“人生在勤，当以力田为先。”也是要施展体力。这种热爱肢体运动或体力劳动的人，跟那种纯书斋式人物不一样，其思维会常常在天地之间在大自然之中得到更新，保持活泼，不会变得酸腐。维特根坦厌恶了剑桥大学的所谓学术氛围对自己思维的禁锢，他的解决方式竟是主动报名上战场，参加了第一次世界大战，让身体活动起来。

谁知道呢，这个一辈子闹着要去打仗的人，上天偏偏要用跟打仗毫无关系甚至与打仗完全相反的事情来成就了他，这种想打仗而打不成的生命经历，也使他的词，无论写不写打仗，即使不写打仗而改写儿女情长或闲适的日常生活，也会写得比别人阔大清朗，仿佛接受了更多的阳光照射，洋溢着健康之气，不缺乏维生素D和钙质，也不缺铁，与一般只以笔墨为生的文人们的那些软性作品很不一样。“闲愁”这种怪物，似乎只在中国才有，顶多是为东南亚所特有，辛弃疾恐怕是中国古代文人中写“闲愁”写得最少的了，他似乎也写过那么一丁点儿，但往往那愁并不闲，而是真的愁了，换言之，那是淋漓尽致的痛苦，“近来愁似天来大……又把愁来作个天”，当然，更多时候，最终他想要表达的那个意思竟是“要愁那得工夫”，那愁终于还是伴着春色一起归到天之尽头去了。

朱小富师傅继续开车，行驶在从期思村方向去往西南面的山里，在村野山间拐来拐去，拐了足足有九九八十一道弯，才终于到达了瓜山虎头门阳原山，这里是有辛弃疾墓地的山前。确切地说，这里是一圈绿绿的小山，墓地就在其中一面的半山腰上。山前开着茶油花，这里的茶油花比在别处见到的更高大。

师傅想陪我上山，我谢绝了，还是决定自己上去。在这荒郊野外，独自一人固然让我感到有些害怕，而与陌生人一起，会更让我感到害怕。

顺着长长山路往上去，颇走了一段路，到达一个朝向南面山坳的半山腰。那里矗立着一座四壁垒了麻石的圆坟，坟头覆盖着青草。坟前有一块青石墓碑，字迹已经因年代久远而模糊，难以辨认，只知碑是辛弃疾二儿子的后裔在清朝乾隆年间所立。

我把手里的一枝茶油花顺手放在了墓碑上方边沿。

这座坟墓所在的高度、位置以及与周围地形的搭配，使得它都类似于一个点将台，这位将军死后依然站立在点将台上，居高临下，面对山谷，仿佛“沙场秋点兵”。只不过，他面对着的不再是士兵，而是满山谷的庄稼。那些庄稼有的已收获，剩下茬子留在地里，有的还在寂寞地生长着，似乎过了成熟期而被遗忘，看上去似乎有玉米、豆子和芋艿。那个人每天眺望着这些庄稼，生前从他的带湖和瓢泉的居所窗前，都可以望见庄稼，死后，他依然可以从这半山腰望得见一大片庄稼，生前死后他都呼应着“稼轩”二字，住在稼轩之中。

我开始胡思乱想，坟茔中的这个人，从北到南，折腾了一辈子，说他爱国者有之，说他民族英雄者有之，说他酷吏者有之，说他贪污者有之，累不累啊，倒是真不如干脆贬回家去才安稳。现在，他抗的那个金没了，他爱的大宋也没了，而青山还在，流水还在，稼秆长短句还在，早知如此，倒不如金也别抗，宋也别保，只写“七八颗星天外”即可。但如果真的如我设计的这样，一个没有冲突的生命也便失去了质感和张力，一个没有直面过惨淡人生的人便不会产生出真正的激情和勇气，对自己进行重新安顿并且做出趣味之思，一松一竹真朋友，山鸟山花好弟兄——广阔的乡野把世间真理教给了他。

别埋怨那个没出息的南宋了，别埋怨主和派们的苟且了，别埋怨皇帝的昏聩了，一切都是最好的安排。上天让辛弃疾中年之后脱轨，有了更多的机会、精力和个体经验用于写作，发挥其文学才华，得以挖掘出自身全部的文学潜力，否则这世上多个将领又如何？我们的历史当然需要将军，但并不独独缺少这一个将军，我们更需要的是一个诗人和其作品中的永恒——只有诗人才是时间长河里真正的赢家，他甚至可以赢了他所处的那个朝代。

四无人烟，这荒山野坟，以及植被茂长着的阴湿气氛，难免让人胆寒，而我还是硬逼着自己尽量绕着那圆圆的墓穴走了一圈，向这位词人致敬，八百多年，就这样被我绕了一圈，给绕完了。

接着，我以最快速度溜向山底，好像那个人的魂灵在后面追着我。空气中湿度很大，又有雨点儿落了下来。

朱师傅惊讶我怎么这么快就下来了。他刚刚为我采集了一些圆圆的茶油花的种子，用塑料袋包了，他让我带回北方，种在花盆里。

又沿着来时的九九八十一道山路开车回程。朱小富师傅告诉我，虽然来得次数很少，但他是去过那个墓地的。他认为应该修建一个亭子，从上方盖住那个坟墓，这样下雨的时候，就可以避免淋着了辛弃疾。我理解他的好心，但那样的好心会办成一件坏事。

在一个村庄外面的道旁，有一大片收割后只剩下了稻茬儿的水田，生长着大片大片的叫作长箭叶蓼的水生植物，正开着细细碎碎的花，望过去，如同田间正升腾着一抹淡红色的云雾。我让师傅停车，我想去田里采上一枝。下车后才发现，只站在路旁伸长胳膊，是够不到离得最近的花的，而田垄旁的沟渠有些深阔，里面全是松软泥巴，下不去脚。这时朱师傅过来帮忙，他忽然大步迈过了沟渠，一只脚踩到了田垄上，另一只脚却不慎踩进了旁边的泥沟，等拔出来时，裤腿沾满了泥。当他把采下来的一枝花递过来时，我表示了感谢和内疚。

已经是下午两点半了，我们打算就在那个采花的村子里吃午饭。朱师傅请我吃了一碗清汤，看到我对米粉感兴趣，又为我买了一份米粉，放到纸碗里打包带着。

原本准备再回到河口镇，去汽车总站乘坐去上饶的车的，朱小富师傅觉得那样太绕而且浪费时间，他打算在公路上替我拦截车辆。看准一辆中巴公交在前面行驶，后窗上贴着“铅山—上饶”字样，于是我们这辆蓝绿色出租车便加大油门追了上去。

接下来，我就转坐在了中巴上，颠簸着离开了辛弃疾的终老之地铅山。除了拖着拉杆箱、背着双肩包，我还一路捧着那枝采自辛弃疾墓地附近水田的盛开着的长箭叶蓼，还有那碗乡村小店里的米粉。我那副既兴奋又狼狈的样貌，真可谓“只为林泉有底忙”。

2018年2月

# 那年秋天的阳光

2019年12月19日黄昏，从北京开往济南的高铁上，我收到了陕西诗人李小洛发来的微信，微信里有一篇文章，点开之后，看了一眼就傻了：我的同学王亚田已经在12月12日的下午离开了这个世界，他在患绝症五六年并且做了二十二次手术之后，忍无可忍，从高楼纵身跳下。

我怔住。下意识地翻找了一下手机里的电话号码存储本，里面没有王亚田的电话——我更换过几次手机，每更换一次都要弄丢一批电话号码。至于亚田的微信，更是没有。

我已经有十年没有见过他，亦没有通过任何音讯。

12月12日下午，那时候我在做什么？我想想。那一天是“双十一”购物节之后的又一个购物节所谓“双十二”，我网购了一整天东西，有用的或者没有用的。我喝着咖啡，拿着手机，下了一单又一单：双肩包、B族维生素、咖啡机、果冻橙、芒果、毛衣、拖鞋、铁锅、奶粉、土豆粉条……当我不惜以寅吃卯粮的代价、以将银行卡刷爆的勇气来表达着对于世俗生活的热情或者百无聊赖的时候，就在那一刻，我的同学王亚田正拖着被百般折磨的病体，从高楼飞跃而下，将最后一丝对于生的渴望彻底掐灭。

当一个单薄的肉体狠狠地砸向坚冷的地面时，那样一种来自外部的剧烈而生硬的疼痛，在强度上远远超过可以忍受的极限，以绝对压倒之势将来自身体内部的病症所带来的痛楚给镇压下去了，并且完全地覆盖住了，于是那来自内部的病症之痛就可以忽略不计了。就这样，这单薄身体的主人几乎用以暴抗暴的方式战胜了那个所谓的绝症。他在杀死自己的同时，也杀死了疾病，于是他赢了。

他曾经以一个老实人的柔顺和卑微，去屈从于命运的安排，配合疾病来变着花样折磨自己，他以为这样做，他和疾病之间彼此都会相互妥协一点儿，稍稍达成某种默契，各自留有余地，放对方一马，可是，可是……现在他受够了，忽然想对命运发脾气，跟疾病叫板，针尖儿对麦芒儿，比试输赢。于是他艰难地爬上自己家中的窗户或者阳台，准备从空中飞跃下去，当从高处俯瞰，不知他的心中是否掠过一丝对这尘世的留恋。但最终他把心一横，把眼一闭，跳了下去。那空中的形状和轨迹，除了绝望，或许还有自信和轻盈。他用一种无可挽回的方式表达了自己鲜明的立场：作为一个人，他拥有上帝赋予的自由意志，五十年，唯有一死，这是最后的自由意志。

我不知道经过了什么样的心理过程，最后走向自绝时，才让一个文弱书生忽然变得勇猛异常。虽知道自杀是不对的，却依然对那自绝者充满了敬畏，我的反应是呼吸急促。

大学毕业之后，我只见过他三次：一次是与闺蜜一起去西安旅游时，由他陪同；一次是大学同学在济南聚会之后一起吃过一顿午饭；一次是在秦岭以南的一个诗歌会议上，他作为记者去采访。

山东大学中文系八七级是分了两个班的，由于大家基本上都混在一起上大课，所以这班分得也没有什么意义，弄得我直到毕业的时候都没有搞清楚我究竟属于一班还是属于二班。但印象里王亚田应该是跟我一个班的，因为我记得仅有的那么两次分小组活动，我和他分在了一起，于是判断出应该是属于同一个班的。

真正对王亚田熟悉，是在毕业实习期间。大学四年级一开学，山大中文系八七级全体同学都被拉到了山东省临沂的沂南县城，那里是最典型的沂蒙山区，是沂蒙山区的中心。

那是1990年秋天的沂南县城。本地人称那个地方叫界湖，大概是原先的一个叫界湖的镇做了县委所在地。五脏虽全，但毕竟只有麻雀大小。全城只有一个十字路口，一条东西马路，一条南北马路，无论骑自行车还是跑步，只要用力过猛，就会一头栽到城外的庄稼地里去；城那么小，在城东放个屁，城西就能听见。而我们住宿和一日三餐都被安排在了沂南县委党校，就是东西马路的最西头儿北面的一个院子里。党校旁边的小山叫西山，西山脚下有一些坟地，其实是乱坟岗，那里偶有死去的小孩儿或者弃婴。如果翻过西山，山的那边是一条丰沛的河流，是沂河的一条重要支流，叫汶河。

那时的沂南县是国家贫困县，而且号称“全国首穷”。其实，那里物产特别丰富，只是碍于交通不便而运不出去，本地农副产品无法兑换成商品，所以就穷了，而这些运不出去的农副产品在本地价格极便宜，自给自足。于是我们很快就发现，在这里反而顿顿都比在大学食堂里吃得好。

我们这群学生到达的当天晚上，就出了乱子，好在并未酿成大祸。党校大院里面，除去中轴线上的那幢教学楼，还有两个内部院子各踞东西，女生住东院的一排平房集体宿舍，男生住西院的一排平房集体宿舍，而任何宿舍都没有卫生间，上厕所必须迢遥地跑出去很远，先是出了宿舍房间，再跑出小院，进到大院，还要绕到教学楼后面，走过一片杂草丛生的荒地，直到西头儿的角落那里才有一个砖石垒成的公共厕所。厕所是半遮挡半露天式的，里面的便溺都裸露贮存在一个个水泥蹲坑里，定期等着挖粪人来挖走，总之就是那种最原始的茅房。男女茅房里面虽然各有一盏戴着搪瓷罩子的白炽灯盏，但依然昏暗，晚上要去的话，必须拿上手电筒。我们到达的消息，在第一天就传遍了整个县城。当晚有一个女生去上厕所的时候，抬头竟看见女厕侧面房梁上趴着一个男人在偷窥！这下子人身安全问题就被提到议事日程上来了。我们每天在县城各机关实习上下班要来回跑四趟，考虑到上下班路途中以及其他安全因素，带队老师们决定安排实习单位时，至少两人以上去同一个单位，而且尽量采取男女生搭配的原则。

老师点名，点到了我和王亚田的名字，然后说：“沂南县林业局。”

在那分了班级和组的花名册上，如果把名字排列顺序、实习单位所需人数、性别搭配等因素同时一起考虑进去，我的名字和王亚田的名字，大约正好就挨在了一起，所以两个人就分到一起了。这里有一定的逻辑，当然也有很多随机的成分。后来又想，这随机，不就是概率嘛，而概率，不就是命运吗?

住同一宿舍的其他女同学被分到了计划生育委员会和妇联。我觉得那些地方真腻歪，全都没有我去的地方好。林业局，应该是要过河入林的吧，是要漫山遍野乱跑的吧，符合我的趣味。正是秋天，天高云淡，正好去林子里看看秋色啊。我头戴了一顶宽檐的大草帽，正好适合到野外去。再看那个与我搭档的男生王亚田，已经出列，中等个子，穿着灰黄色的夹克衫，瘦瘦的，面部棱角算得上分明，不说话时，总是笑盈盈的，说话时，总是伴随了嘿嘿嘿的笑，腼腆表情里似乎有一丝对这个世界的歉意。王亚田说的普通话略带陕西味，最典型的一个标志就是，常常不小心将“我”这个字发音发成“饿”或“额”。

就这样，我和王亚田开始每天一起去上班下班了。如果这段毕业实习算得上是我的职业生涯的一个组成部分，那么王亚田就算是我的第一个同事了。从沂南县委党校步行至沂南县林业局，大约需要十分钟时间。由南向北，先依傍着西山山脚行走，那是一条半土半石的荒野小径。这一地带完全像是在荒郊野外，侧面的崖上生长着基本上都已经变红了的火炬树。它们是一种小乔木，有绯红的羽状叶子分排在轴茎两边，在这些披纷的叶丛中间，一个个直立的圆锥样果穗被簇拥着，似乎是深紫色的，像是树枝举起来的小火炬。走到这个小径的尽头，往东拐，就拐上了一条不太宽的安静的柏油路，算是走在街市里面了，就这样再往东走上几百米，就看见了位于路南的林业局院子。

一间阳面的大办公室里，坐了四个人，东面靠墙坐着打对桌的两位正式工作人员，西面靠墙坐着打对桌的两个实习生。

现在回想起来，那不到两个月的实习，竟很可能或注定要成为我一生中唯一的一次在办公室里坐班的经历。

我一读公文就头晕，一篇公文还没写上三分之一就开始害偏头疼，只是偶尔会对公文里的植物名称感兴趣。我常常询问办公室里的人某种树到底长什么样子，下乡时是否可以见到，以期写进我的诗里去。所以，只要派下需要整理或写作的公文任务，我便心浮气躁，一股脑儿地统统将它们推给对桌的王亚田。

“王亚田，你来写吧。”我直接耍赖。

我穿着一件彩色贝壳图案的灯芯绒薄外套，歪坐在南面桌前的排椅上，有时干脆是半躺着，两条腿盘放，摇头晃脑，在稿纸上写诗：“风把一片片白云寄给村庄”“这是红头巾般鲜艳的日子／高粱谷子大豆劳累了一季／就要乘独轮车回家……”

王亚田端端正正地坐在北面桌前，很像一个已经正式入职的公务员。他埋头于材料卷宗，那时候没有电脑，需要手写公文：大庄乡种植板栗树200棵，柳树550棵；岸堤乡种植苹果树400棵，马尾松600棵，杨树1300棵；辛集乡种植侧柏800棵，刺槐770棵；铜井乡种植核桃树300棵；青驼乡种植火炬树900棵；依汶乡种植板栗树200棵，构树480棵；马牧池乡种植黑松1200棵；苏村乡种植杨树460棵，红梨木350棵……

那时我年少轻狂，并且自私得浑然天成，自私得坦坦荡荡，自私得理直气壮，而偏偏又幸运地遇上了王亚田这样一个能够包容我的老实人。我从来没觉得我在欺负王亚田，王亚田也从来没有让我感觉到我在欺负他。

那时候王亚田不仅是我的同学，还是我的同事，当然还是我上下班路上的“保镖”，只是这个保镖看上去瘦弱了一些。我呢则愣头愣脑的，天天嚷嚷着：“我不怕遇上坏人，因为我自己就是坏人。”

我们俩都很喜欢林业局里一个叫吴晓春的女孩。吴晓春对我和王亚田的到来感到兴奋，全都写在脸上，经常从隔壁她的办公室里跑到我们办公室里找我们玩。吴晓春比我小一岁，生日跟我差一天，她长得特别温良，皮肤白净，大眼睛像两粒黑葡萄，你对她说什么话，她都百分之百地相信，并用临沂方言无条件地真诚地点赞。吴晓春长得好看，而她并不知道自己长得好看。吴晓春的爸爸是前任林业局局长，她家就住在林业局宿舍的一个独门独院里。我和王亚田经常去她家玩，院子里花木扶疏，还养着一只大乌龟，它比我们的年纪都大，至少是一只乌龟叔叔。我们在吴晓春家的堂屋里吃完了饭，有时会去侧面她的“闺房”里聊天。每次从吴晓春家里出来，王亚田总是笑盈盈地对我说：“都是女娃，你看看人家吴晓春，你再看看你……哎呀……哈哈哈……”陕西人把女孩子叫成“女娃”，每当说到那个“哎呀……哈哈哈……”他就会直接笑出声来。这是整个实习期间王亚田对我说过的最多的一句话。

我们仨曾经坐上长途大巴，在沂南县和临沂市委之间当天往返，对了，那时候叫临沂地委。记不清是去干什么了，只记得地委大院里的楼房都是20世纪50年代的苏式建筑。反正一路颠簸着去又一路颠簸着回。车窗外，道路两旁，萧瑟的白杨树笔直地指向瓦蓝的苍穹，秋天的阳光明晃晃地充溢在天地之间，那阳光正在对庄稼做着最后一轮的思想工作，催促它们成熟。那阳光里面其实什么都没有，却能给人安慰。返程时大巴车上人很少，几乎相当于我们的专车了，吴晓春忽然无缘无故地用她的方言大叫一声：“王亚田——”然后再大叫一声：“路冬梅——”我则跟着大叫一声：“吴晓春——”“王亚田——”喊完了，我们就大笑。王亚田看着我和吴晓春发疯，也跟着笑。

林业局需要经常安排人员下乡去视察。我和王亚田总是并排坐在一辆绿色军用吉普车的后座上，那是县林业局唯一的一辆汽车。我会透过车窗一路看山中风景，而王亚田呢，动不动就在车上睡着了。我说他：“你怎么这么能睡啊？”他醒了，不好意思地笑笑，跟我一起下车。那时候，隔三岔五就要去野外，过河入林，爬山进村。在这个过程中，我认识了很多植物，比如，知道了正在田里生长着的姜和芋艿是什么样子的，还认识了过去只在诗里读过的马尾松，当然还有那漫山遍野的栗子树。

有一次在一个村子外面视察，穿过一大片秋意弥漫的杨树林幼林，再穿过一大片金色的银叶树林，走到尽头时，发现有一条不小的河流，正环绕村外而过，河水清且涟猗。我很兴奋地脱掉鞋子，把裤腿高高挽起来，就走到河里去了。秋天的水已经有些凉了。我往河中央走，越走越远，水也越来越深。王亚田在岸上喊我："别往里走了，快回来，危险——"我回过头去得意地望了他一眼，又继续往更深处走。"你不会游泳，我也不会游泳，小心河床不平，有潜流和漩涡！"我听到他在后面喊，并不理会。过了一会儿，忽然我感觉到自己背后的衣襟在拂动，回过头去，吓了一跳，原来王亚田也下了河，已经跟我并排站在了河中央，看来他是想等我喊"救命"的时候，随时施援。

后来我又有过一次下河的经历。那是中秋之前的一个夜晚，年级组织大家翻过旁边的西山去，在西山另一边的汶河之畔举办篝火晚会。我从火堆旁一个人悄悄地溜走了，下河去了。我把厚裙子撩到膝盖以上，腿浸到河水里，尽可能踩着水中的沙子和石块往远处走，往深处走，水是黝黑黝黑的，映着远处的火光，抬起头来看见了天上的星星。我继续往水里走，走着走着，河水快要达到腰际，衣裳湿了。有那么一刹那，我产生了幻觉，远处的欢歌笑语忽然沉寂，憧憧人影和火光也遁去了，只剩下眼前黑色的河水在汹涌，随着水波起伏，我忽然眩晕起来。接下来，我猛地打了个激灵，清醒了一些，开始有些恐惧，于是赶紧往岸上撤。这时候我才发现自己竟然已经在夜晚的河水中走出了那么远，离岸边已有很远的距离了，要费好大的劲儿才能回到岸上。我一边尽力往岸上逆水跋涉，一边在脑补着万一我出了事故，刊登在《临沂日报》上的新闻消息稿有可能是什么样的，标题可能是《实习女生夜晚在沂南县汶河溺水身亡》。终于，我有惊无险地回到了篝火边，开始凑到火边烘烤我的衣裙。王亚田走过来问我："喂，你刚才去哪儿了？"我笑嘻嘻地说："跳河去了。"

我自己也无法解释的是，为什么我在二十岁的时候，总有一股莫名的冲动，老想跳到河里去。

林业局的人下去视察时，经常吃酒席。那是秋天，红辣椒串、玉米串和大蒜串挂在屋檐下，真是又好看又吉祥。各村招待的农家饭都好吃，土鸡是从墙外屋后抓来现杀的，蔬菜是从园子里现摘的。吃饭总是一件让人精神为之一振的事情。可是我对食物的向往总是远远大于我的饭量和消耗力，于是碗碟中的饭菜总是要剩下一些。这时王亚田就想帮我吃掉，我不让他吃，他偏要吃，来夺我的碗碟，他说："我妈要是知道了这样浪费粮食，会不高兴的！"他吃我的剩饭菜时，我在旁边很羞愧很不安，在心里默诵："谁知盘中餐，粒粒皆辛苦。"但是，下一顿我依然不接受教训，碗碟里依然堆成小山，吃不了又得剩下，又会被王亚田毫不迟疑地抢过去吃掉。

在那样带有半工作性质的饭桌上，有人会来劝酒，在半推半就之中，有时候也会不小心喝多了。王亚田本来不胜酒力，但有时盛情难却、却之不恭，也就只好硬喝，偶尔喝多了，喝到脸红，一上吉普车就歪坐在那里睡过去了，喝酒让他变得更加安静，他连喝醉了都依然像一个君子。我喝多了，会变得聒噪，不停地说废话。有一次前一天晚上喝多了，第二天酒劲也还没有过去，这天恰是周末，我不甘寂寞，不肯在宿舍里歇着，坚持去赶农村大集，歪歪扭扭地走在大集上，终于不胜晕眩，一头栽到人家农民的山楂筐子上去了，硬是把那筐子给撞翻了，山楂滚了出来——那个年代沂蒙山区的山楂真便宜啊，三分钱一斤。实习带队的老师给大家开会时，发了火：“太不像话了，有的同学喝酒喝到酒精中毒，至今还在县医院打吊瓶，而且还是女生！”我心中坦然，老师批评的当然不是我，我可没有喝酒喝到医院里去，大家心知肚明，批评的是另外一个高个子女生。没办法，我们那一级学生就是这样，无论干什么，女生都比男生要生猛，男生的存在感普遍比较弱。

渐渐地，我发现了一个现象：每次我和王亚田在局里吃饭或者下乡吃饭，大都是由相同的某位人员陪同，我搞不清他是办公室主任还是副主任了，反正总得上来满满一大桌饭菜。少时只有三个人或四个人吃饭，多时加上村干部顶多也就五六个人吃饭，根本就吃不了。容器是巨大的，每个菜的分量也是超大的，炸鸡腿忽地端上一小箩筐，炸藕盒忽地搬上来大半盆，酱排骨忽地端上来一大盆，大蒸包忽地上来整整一柳条盖垫，炸里脊肉忽地上一大盘，烤羊腿、酱猪蹄各半大盆……简直有排山倒海之势。虽然那个年代的当地物价超级低，可这毕竟是在贫困县啊。我和王亚田都强烈反对却毫无效果，对方理由是："你们是从省里来的，省里派下来的，一定得好好招待。"什么？我以为耳朵听错了，什么叫省里来的？我飘飘然了三秒钟之后便立刻恢复了理智，我和王亚田不过就是两个还没毕业的穷学生，毕业之后前路茫茫。这些饭菜，多浪费啊，每次到了最后都是吃不了兜着走，是的，终于都被办公室主任也许是副主任兜回到他那每天骑自行车往返的乡下老家去了。我渐渐不再说什么，王亚田也闭嘴了。

两个实习生陪同沂南林业局的干部坐着一辆破旧吉普车，几乎走遍了县里的乡乡村村。还有，两个实习生都吃胖了。后来，我还买了一只刚出生不久的小狸猫，养在了女生宿舍里，每天从外面带饭回来喂猫，猫也丰衣足食。

我和王亚田经常闲聊天，于是零星地知晓了他的一些事情。他是从陕西户县（西安市鄠邑区）考来的，好像很小就没有了父亲，现在的父亲是继父，但对他很好。在他的上面，似乎还有三个姐姐，他上大学之前，她们都已经成家。他身份证上的生日并不准确，当年办身份证时，全村所有小孩儿的出生日期，都是由村里一个老头儿全权做主去登记的，他只问清了属相，你是属羊的还是属鸡的还是属兔子的，由此确定年份，而具体的出生日期则全部是由那个老头儿自己去现场胡编的。我听了之后，感到他们那个村里很有些魔幻现实主义的气息。亚田还讲了上小学还是上初中时，有一次考试成绩不好，吓得不敢让家里人去开家长会，忽生一计，跟正在坡里放牛的一个邻村老头儿商量，央求他，让那老头儿冒充家长去学校开了会，打那以后每当考试考不好了，他就央求那个放牛的老头儿冒名顶替去开家长会。我听完了之后，马上对他说："我喜欢这个故事。"他讲的这两个故事里，主角都是老头儿。

中秋节到了，沂南县委党校食堂准备改善伙食：吃全羊。这个消息提前两天就放了出来，同学们都很高兴。这个消息却让我很不爽。为逃避吃"全羊"，我一整天都没有回去。我从小惧怕吃羊肉，"全羊"二字则更可怕，我想当然地理解成把一整只羊（或许还带着羊毛）囫囵着放进锅里去煮了，腥膻味将弥漫在整个县城的上空，连天上的月亮的光晕里都会散发着腥膻之气。我不回去吃全羊，爱吃羊肉的王亚田只好陪着我，也不回去吃全羊。

那天中午我们一起到吴晓春家去吃饭，晚上则躲到了当时的局长家里去过节。记得局长也姓王，在他家里我平生第一次吃到了猕猴桃，野生的，很小的绿果子。一边吃月饼，局长一边郑重其事地对我和王亚田说："你们毕了业都要去报社或电视台工作的，到时候别忘了报道一下我们沂南县林业局。"我目光呆滞地坐在那里，一言不发，王亚田则用嘿嘿嘿的笑很有礼貌地、很厚道地作答。王局长是省劳模，节假日都在办公室里加班，每天晚上也都在办公室里加班到深夜。那天吃完中秋晚宴，他送我和王亚田出了家门，接下来又去办公室了。“这么晚了，你还去做什么呢？”我问王局长。他说：“我有一些文件需要批示。”是啊，是啊，县里的每一棵树都需要局长亲自去关怀，像关怀青少年一样，它们才会茁壮成长。他在林业局二楼办公室的灯光常常亮到后半夜，不禁让我想起了杨家岭的灯光。走在路灯底下，我对王亚田说：“他有那么多文件需要批示吗？他为什么不在白天一口气把它们都处理完呢？非得要等到深更半夜去批示不可，把自己搞得像一个大领导，这样不是浪费了国家的电和水吗？”王亚田很有同感地哈哈大笑起来，但紧接着又把矛头转向我，说：“你这个嘴啊，哈哈哈，别这样说人家，好不好？人家也不容易嘛……”嗯，那时候在王亚田看来，我大概是世上活得最容易的人之一，并且不懂得去体谅那些活得不容易的人。

有一天下午，阳光懒洋洋地照进办公室里，地板刚刚洒过水打扫过，还没有来得及散去的尘埃在一束光柱里跳动着。同一个办公室里办公桌靠着东墙的一位大姐忽然想闲聊天了，就对着王亚田有一搭无一搭地表示关心，说：“亚田，还没女朋友吧……打算找个什么样的？”

王亚田坐在我对面的排椅上，脸有些红，腼腆地笑着，后来又嘿嘿嘿地笑开了，接下来竟忽然伸出手来，隔着两张桌子，仿佛隔着一个太平洋，指着我，并且提高了嗓门，声音洪亮地说：“反正不找像路冬梅这样的！”

我一下子愣住了，但很快回过神来，马上也伸出手，隔了两张桌子，仿佛隔了半个地球，指着他，笑呵呵地，回应了一句："饿（我）也不找像王亚田这样的！"

这时候，我还模拟了他的陕西口音，故意把"我"说成"饿"。

但是，第二天上班时，我就不跟他一起走了。约好的每天早上7点半出门，但我要故意在宿舍里磨蹭到7点45分以后才出门，悄悄溜出女生住的那个小院的月亮门，走到大院里去，再挪到大门口，我远远地看见王亚田在党校大门口干等，脸上带着着急和不安，于是我就再悄悄躲到墙后面去，不让他看见我。后来他实在是等不到我，就迈开步子走了，我才放心地也跟在后面走。每当下班时刻，我也想方设法早走一步或者晚走一步，避免跟他一起走。我承认每当黄昏时分走在那条西山脚下的荒僻小径上，望见不远处的那个乱坟岗，心中难免忐忑，总是加快脚步，呼吸急促，但我还是咬牙跺脚地挺了过去。这样大约过了一个星期，后来我自己觉得没意思了，又按时早上7点半等在门口，跟王亚田一起去上班。他也只是表情笑盈盈或者嘿嘿嘿地笑着，并不问我先前发生了什么，我也不曾解释过。

两个月之后，实习结束了，全年级学生又扛起自己的铺盖卷，坐上来接我们的两辆大巴车，浩浩荡荡地返回了山大。那时，天气已经有些冷了。

那时候山大新校（即现在的中心校区）的学生看电影，

最常去的是鲁艺剧院。记得是从校园的小西门出去，横过马路，进入一个小胡同一直往西走，很快就到了。每个周六黄昏都有一群学生往那里拥去，鲁艺剧院每到周六晚上几乎相当于山大学生的包场。刚刚实习返回学校时，王亚田请我看过一次电影。电影是根据琼瑶阿姨的小说改编的《燃烧吧，火鸟》。电影里男女主人公都很夸张地哭，真的不是一个好电影，我对剧中人物的命运完全无感，只要里面的人一哭，我就会被逗笑。我一边看电影，一边批判那个电影，比电影上的人说的话还多。王亚田又是嘿嘿嘿地笑："你这个人，你这个人啊……"有时他笑得太厉害了，笑到最后，竟笑成了无声，却依然还在笑着。我还说，以后谁再请我看这样的电影，我就跟谁急。我完全没有顾及请我看电影的那个人的感受。

那是20世纪80年代末90年代初，那时候吸引我的事情是，向我推荐玛格丽特·杜拉斯的书，或者询问我："你知道米兰·昆德拉吗？""你读过艾略特的《荒原》吗？"至少也要问我："《追忆似水年华》你读过多少页啊？"电影《教父》就不必推荐了，最好是向我推荐一下电影《走出非洲》。嗯，一个患了文学病的女青年，需要被震住被唬住。

回到山大以后，又发生了一件事情，算是毕业实习的一个真正的尾声吧。返校之后，大约过了半个月的光景，沂南县林业局的人又来济南出差了，叫上我和王亚田一起去林业厅或者农业厅聚餐。吃完晚饭出来，已经是晚上9点半以后了，回学校的末班车已经没有了，那个年代还没有出租车，我和王亚田只好步行回学校。走回到学校时已经是夜里11点之后了，宿舍楼都关门了，女生宿舍楼看大门的老头睡得太死，怎么敲窗户都叫不醒他，就是发生地震他恐怕也不会醒来。那时候没有手机，我的房间又在四楼，喊了很多声，楼上同学也没有回应。没有随身带身份证的习惯，带的钱也很少，无法去住旅店。这一下把我和王亚田都愁坏了。那天的天气预报里说有来自西伯利亚的冷空气过境，也就是寒潮。白天只是觉得有些凉而已，出门时只穿了秋装，可是到了夜里，才感觉到冷，寒潮真的来了，不是说着玩的。很快就下半夜了，我和王亚田冻得直打哆嗦。后来我们只好去东北角的大操场上跑步，运动可以产生热量，增加体温。操场四周围绕着高耸直立的粗大白杨，仿佛在天地之间，支撑起了一个巨大的屋宇。这些白杨在冷风里哗啦啦地响着，落叶纷飞，真是白杨多悲风。数不清围着操场跑了多少圈，直到累得一屁股坐在了白杨树底下的沙土地上。抬起头来，从下往上望，这些白杨真高啊，树梢上夜空辽远，点缀着繁星，那是无边无际的寒荒和亘古，空气越来越冷峻了，冬天正遥遥地赶到，如大兵压境。记得在树下聊天，说起将来的理想，王亚田说他有两个理想：第一个是文学，第二个是女人。我马上反唇相讥：知人知面不知心啊，没想到你还有这样的狼子野心！接下来我说了我的理想：文学和走遍世界。气温越来越低了，寒冷刺骨，同时杨树叶子加速凋零，越落越多，落到头上、脸上、肩膀上、膝盖上、脚上……似乎树叶准备一夜之间全部落光。实在太冷了，只好又起来围着操场跑步，跑啊跑，跑啊跑，又跑得狼狈不堪。好不容易熬到凌晨快4点钟的时候，我提议去公教楼八角楼旁边找那个卖烤地瓜的人去烤火取暖。早上7点半上课之前，很多同学都去买他的烤地瓜当早餐，估计他应该提前好几个小时就得起来生炉子做准备工作。于是我们去了那边，在教学楼旁边的一个简易工棚外面，看到了那只烤地瓜炉子——一个高大圆柱体铁皮筒外面糊了一层厚厚黄泥巴的家伙，从那里面出来的烤地瓜，像秋天一样灿烂，皮和瓤可以剥离开来，中间夹渗着一层油，咬一口，香甜软糯，温柔敦厚。我们刚到那里一小会儿，烤地瓜的人就出来了，热情地招呼我们，并开始侍弄劈柴、废旧报纸和煤块，引火生炉子，我们被呛得直咳嗽，但为了一点儿莫须有的温暖而不忍离去。终于炉火点燃了并且稳定下来，生地瓜被放进去烤上了。我和王亚田跪立着，分别从两边合拢，张开双臂紧紧地拥抱住了那个胖胖的烤地瓜炉子，像拥抱着救命恩人。就这样，渐渐感到了温暖，紧绷着的皮肤开始松弛了一点儿，血液也流动得快了一些。这样熬到了6点钟，起床号终于吹响了。我们立即跑回各自宿舍。我一进门，同宿舍的人见了我就笑着嗷嗷叫，起哄："老实交代，夜不归宿，干什么去了？"我只好老实交代："在操场上跑步。"说完一头栽到床上，就什么也不知道了。

至此，秋天才算是真的过去了。今生只有一个1990年，1990年只有一个秋天。

就这样冬天来了，印象里那是一个无雪的冬天。接着又是寒假了。春节过后，进入了大学四年级第二学期，大家开始都为各自的前程考虑。我原本就旷课成瘾，到了这最后一个学期就更不去上课了，把好好的一个大学硬是给念成了自学成材。于是那最后的半年里竟似乎没有见到过王亚田。越临近毕业，我索性越窝在宿舍里，哪儿也不去了，天天在纸上瞎写，以至于毕业联欢会和照毕业合影都没有去成。别人是否在上演离别，我不太清楚，反正我自己最后跟很多同学都没来得及打声招呼，没来得及辞行，这里面自然也包括王亚田。

我在二十岁的年纪，身心似乎都没有发育好，青春粗制滥造，某些方面明显短缺或者被屏蔽，对生活充满了概念化的理解——哪怕这概念是一个新概念，毕竟也还是概念。接下来我就那样没心没肺地毕业了，像个狗蛋一样滚着离开了学校，连头也不回，甚至没有一丝伤感。那时我满脑子上天入地的想法，而伤感是我的敌人。

每当有人提及陕西，我除了会想到兵马俑，还会想到我有一个同学叫王亚田的，在那里——而具体在什么单位，并不清楚。

再见到王亚田时，已是毕业八年之后，在1999年8月。彼时他已经从一个什么单位考进了《西安晚报》，已经调进去好几年了。我是如何找到王亚田的电话号码的，已经不记得了，可能是偶尔听同学说起他在哪里工作，又打到114查号台查到的吧。他去火车站接了我和我的好友佘小杰。见到他，他的模样竟一点儿也没有变，还是那么瘦的一个人。让我惊讶的是，他的普通话里的陕西腔明显地加重了。

记得王亚田夸佘小杰咧嘴大笑时的笑容很好看，说她的先生最先一定是被这笑容迷住的。那时佘小杰刚刚收到博士入学通知书，王亚田先是祝贺了，然后又转向我："你看看人家佘小杰，你再看看你，你也学学人家嘛……"我报之以傻呵呵的笑，真心为朋友高兴，自己却并不打算跟朋友赛跑。

电视新闻里出来了一个陕西作家，王亚田指着屏幕，很真诚地说："啧啧，他长得多帅。"我和佘小杰面面相觑，接下来哈哈大笑，笑得停不下来，像大笑比赛一样。王亚田对我们的笑很是迷惑："饿（我）说错了什么吗？他就是很帅嘛，还是双眼皮儿。"他的迷惑和解释，又让我和佘小杰笑得更加厉害了，只差在地上打滚了。

到达西安之后吃第一顿饭，我们就吵着要去吃在我们看来西北最具标志性的美食：羊肉泡馍。我原本从来不吃羊肉，但来到西安不尝试一下羊肉泡馍，又觉得不甘心。王亚田就领着我们去了据说是西安最地道的一家羊肉泡馍小店，紧挨着大雁塔。我们仨一人要了一大碗，坐在店外面的小板凳上。夕阳斜照着大雁塔，已到了下班的钟点，大门正缓缓关闭。一边抬头望着大雁塔一边吃羊肉泡馍，那可是名副其实地到过西安了。羊肉泡馍盛在粗瓷青花大碗里，满满地，像一座小谷仓那样堆起，硬硬的冷馍，泡在热羊汤里，夹杂着羊肉碎末，碗内的表面，浮着一层已经凝固了的黄色的羊油。刚吃了一小口，就深感好奇害死猫，我决定放弃。佘小杰看到我不吃了，就鼓动我："嗯？你怎么不吃了，我吃着可好吃呢！真的，味道很好！"接着就又拉开架势，狠狠地吃了一大口，"好吃，你也吃吧！"她仍在鼓动我，而她说这话时，眉头却是一直紧皱着的，她喊着口号吃了三大口，终于也败下阵来："唉，我也吃不下了。"王亚田这时候已经把自己那一大碗快吃完了，他笑嘻嘻地看着我们两个，感到不解："多好吃啊，你们还吃不进去。"我和佘小杰都为自己吃不下去而感到深深的内疚，是我们闹着要来吃羊肉泡馍，又是我们吃不下去，感到很对不起王亚田，于是两个人又互相鼓着劲儿打着气，硬着头皮，富有象征意味地吃了两小口，最后终于忍无可忍，决定彻底放弃，向羊肉泡馍缴械投降。王亚田这时候已经吃完了自己那一大碗，见我们俩吃不下去，就把我们那两碗搬运到他自己跟前去了，准备一碗一碗地吃掉。我们劝他不要吃了，我们吃剩下的，不好意思让他吃，再说了，一下子吃那么多，肠胃怎么受得了啊。王亚田笑呵呵地说："我妈要是知道了这样浪费粮食，会不高兴的。"嗯，他还跟当年毕业实习时，一模一样啊。

接下来王亚田领着我们天天吃面，顿顿吃面。臊子面、蘸水面、葫芦头、油泼面、丁丁面、摆汤面、荞面饸饹，还有一种面呢，字难写且音难拼，怀疑字典里压根没有这个字音，属于陕西人自造发明，叫作：biáng biáng面。"平时，我自己吃饭，很简单，有时吃一碗臊子面，有时吃一碗葫芦头。"当王亚田说到"葫芦头"这三个字时，发音发得特别

"葫芦头"，同时他的笑容在我看来也很"葫芦头"，让我觉得"葫芦头"三个字眼儿应该有知足者常乐的意味。

后来实在吃面吃够了，佘小杰闹着吃鱼，并强调说要吃海鱼，还说来西安一星期了，一星期都没有吃鱼了，很难受。她提出来由她请客，让王亚田负责找馆子。我知道她习惯吃新鲜的海货，老家在日照海边，先生那时也在青岛工作，可是跑到西北内陆来吃海鱼，想法毕竟有些怪异。那是20世纪90年代，交通运输还不是很发达，从海边把鱼运到大西北，除了集中箱冷冻方式来贮存，几乎没有其他方式，那时候在西安如果想吃到海边那种刚捕捞上岸不久的完全新鲜的海鱼，其麻烦程度大概并不亚于当年杨贵妃吃新鲜荔枝，得累死多少匹马呀！王亚田带我们去了一个很好的酒店，我们在明档点菜区挑了一条摊放在冰面上的冷鲜的银鲳鱼，个头不小，差不多快有一斤重了吧。我很专业地把腮扒开来看了，鲜红的，又把脸贴近了鱼身子去嗅，散发的都是海水的气息，鱼很新鲜。佘小杰又把我做过的动作重复做了一遍，做出了同样的判断，鱼很新鲜。接下来上秤称过之后，我们的鱼就进了厨房，我们仨坐在桌前开始了幸福的等待。红烧鱼终于上来了，欢欣鼓舞。佘小杰尝了一口，认为鱼不新鲜，我尝了一下，也觉得不太新鲜。最后一致认为，我们挑选的那条鱼在拿进厨房之后被调包了，厨师肯定是用冰箱里一条冰冻了两年以上的鱼把它换掉了，估计我们挑选的那条鱼只是酒店里现阶段一个供摆设的道具而已。我们去找服务员理论，但对方坚称就是我们选的那条鱼。王亚田持中立态度，做和事佬，息事宁人。接下来，那盘不新鲜的海鱼，都被王亚田一个人吃掉了，他一边吃一边笑得厉害：“你们俩，唉，你们呀，世界上其实没有那么多坏人……哈哈哈……”

就这样，王亚田带着我们这两个吃东西挑肥拣瘦的“女娃”在西安连吃了七八天。那七八天里，我们除了吃面，就是马不停蹄地去“上坟”，看了很多古墓。

在去往乾县游乾陵那天，有一辆中巴车停在市中心路边拉客，我们询问售票员去不去乾县，一男一女两个售票员不由分说把我们仨热情地拉到车上去了。上去之后才知道车子去的方向跟乾县正好完全相反，于是我们要求下车。两个售票员阻拦着，说什么也不让我们下车了。我和佘小杰叫喊着拼命反抗，使出吃奶的气力才从车上冲了下来。可是回头一看，发现王亚田落在了后面，还在车上，被那两个售票员死死拖拽住了，在靠近车门的位置纠缠着，任王亚田怎么挣扎和解释，他们也不让他下来。瘦弱的王亚田像唐僧被困在了蜘蛛洞里，陷进一堆乱麻一样的丝中，无奈地挣扎着，越挣扎却纠缠得越紧。我在车下叫喊，让王亚田赶紧出示记者证，而他完全不作为，还在继续斯文地跟那两个坏蛋讲着道理，那两个人却越发威风起来，将王亚田死死扣住压住，说既然上来了就不准再下去。在车下的佘小杰急了，以迅雷不及掩耳之势冲回车上，我也紧跟上去，两个“女娃”重返虎穴，佘小杰冲锋，我掩护，蛮力与偷袭相结合，一番鏖战，摧枯拉朽，将王亚田从车上硬硬地给“抢夺”了下来。好吧，好吧，这次算是见识了陕西民风之剽悍，一下子明白了当年秦为何能够统一六国。而王亚田似乎是西北人之中的一个例外，仿佛江南文弱书生，幸有两个山东女汉子相救。

一个西安文友，每次写信，在信笺末尾都要雷打不动地写上一句：“欢迎来西安做客。”如此热情相邀达五六年之久。我觉得到了西安地界不联系人家，悄悄地来了又偷偷地走了，不够地道，恐将来问罪起来，找不到说辞，于是就找了一个报刊亭里的公用电话去打那人办公室的电话，电话接通了，人家说单位很忙，没有空闲相见，等下次来西安时，一定好好招待。挂了电话，我在闺蜜面前，脸上无光。佘小杰马上勇武地表示她要给她先生同一个公司在西安分部的某个业务同行打电话，那个同行前不久刚刚去过青岛，她先生盛情招待了人家，她来之前她先生还特地当着她的面，给那个西安同行打过电话，请他在西安多多关照一下我们两个。其实我们不需要什么关照，见见面聊聊天吃吃饭倒是可以，再说电话都打过了，如果又无声无息地不去了，似乎显得礼数不周。于是佘小杰去打公用电话了。一会儿她打完了，转过身来时，咧着嘴巴，原来电话打通了，人家说单位很忙，没有空闲相见，等下次来西安时，一定好好招待。

我们俩大笑不止，比赛着翻白眼，互相打趣着彼此。两个实心眼的大傻瓜，又不缺吃喝，偏偏把自己弄得像讨饭的。

佘小杰开玩笑说：“全西安，只有王亚田一个好人。”

王亚田听了这话咧嘴大笑，说："哪里呀，西安人都很好嘛，你们那俩朋友，可能人家真的很忙，走不开……哈哈，肯定是你们俩想多了。"好的吧，就算是我们想多了，以小人之心度君子之腹了。

王亚田全程陪了我们七八天，期间他会偶尔往单位打个电话，交代一下版面的事情。王亚田就这样陪着我们，直到把我们送上返程的绿皮火车，送到车厢里，将我们安顿好，在火车广播马上就要开车时，才返回站台上。火车真的要开了，我们从车窗望出去，招呼着让他快回去休息吧。而站台上的王亚田没有反应，不言不语，只是瘦瘦地黑黑地站立在那里，看着那列火车一点儿一点儿地开走……那个车次正是他当年去山东大学上学时常坐的车次。我和佘小杰都很不好意思，觉得对不起《西安晚报》，对不起每天阅读《西安晚报》的西安人民，也对不起王亚田那住到娘家去的怀孕五个月的太太以及腹中胎儿。

返回山东半个月之后，我们收到了王亚田寄来的冲洗出来的照片，还有我们买了却遗落在西安的埙。担心埙会在路上被摔碎，他用报纸包裹了很多层。三伏天太热，照片上我们三个人都被太阳晒得肤色通红，像煮熟的大虾。

毕业之后第二次见王亚田，我竟记不清楚是哪一年了，大约是2001年或者更晚些，我真的记不得了。反正那次他从西安来济南参加大学同学聚会。那次见面的情形，在我的脑子里竟如此模糊。只记得聚完会后，我在济南一家很好的餐馆里请他吃了一顿海鲜，不料甲之美味乙之毒药，竟没让他吃饱。饭后他才对我说明，他对那些贝类不感兴趣，觉得它们不像饭。我对他说，来到山东半岛不请你吃海鲜，难道要请你吃岐山臊子面？

那时，我依然忙于发呆和空想，又被更加崭新的概念充满了头脑，我的日子不是用来过的，而是用来腾云驾雾和翻跟头的。亚田那一次表达了对于大学的困惑，为什么现在的大学跟过去那么不一样了，比如，我们当年上大学时很崇敬的一些非常有才华的老师反而都混得不太好。亚田似乎还谈到了他的女儿，告诉我他女儿的名字里有个“荷”字，不知他说的是学名还是乳名。我马上没头没脑地信口开河：如果我有一个女儿，我就给她起名叫“笋”。

第三次见面是在2010年春。我去秦岭参加一个诗歌笔会。会务问我可否帮助邀请一下我认识的陕西媒体方面的人，陕西媒体人，我只认识一个王亚田，所以就建议他们邀请了王亚田。那次见到他，他人有些蔫，基本上已经不说普通话，只说陕西方言了。我问他：“你怎么口音完全变回去，不说普通话了呢？”他笑着辩解：“饿（我）说的就是普通话嘛！”我说：“好的吧。”反正谁也没有规定过必须说普通话，再说了，究竟什么才是普通话呢？如果在唐朝，普通话的标准很可能定义为：以北方话为基础，以关中语音为标准音，以典范的诗歌创作比如唐诗为语法规范……那么，王亚田说的就应该是最标准的普通话了——就当我们现在还在唐朝吧。

那次大家一起去乡下采风，坐车在秦岭以南地区转悠，一路亚热带美景。王亚田则晕车头疼，一个人窝在中巴车后面角落里不动弹。待到吃晚饭时，叫上好几遍，他都窝在酒店房间里不出来，大家派我去叫，也叫不动，他说大概可能是胃疼，不吃饭了。现在想来，那时候离他发病做手术，只剩下四年的时间了，疼痛区域很可能不是胃，而是肝。我没有询问他到底怎么回事，只觉得一个正值壮年的大老爷们儿，那么娇贵，几乎是不可饶恕的。我还像早年一样，神经粗陋大条，接近混凝土中的钢筋。散会之后，让他早回家，他不肯，执意跟陕西的诗人朋友一道，把我以及一行外地人送至咸阳机场。在去机场的路上，正好与诗人李小洛坐在一起，王亚田还是运用那个固定句式，对我说："都是女娃，你看看人家小洛，你再看看你……"上飞机后，我给他发了一个短信："起飞。"他回复："平安。"从此，从此，再未联系，再未相见。

接下来，就到了现在，到了2019年岁末，时光又流逝了将近十年，我得知了他的死。

据说亚田的病情，这些年来，几乎瞒着所有人。他瞒着报社的同事，一直上班上到去世之前的两个月，那时他已经实在无力工作了，才把版面交付给他人。同时他也瞒着老家的老母亲和几个姐姐，他是想让家乡的人以为他是安好的，是想让亲人因他而产生的骄傲多一天是一天吗？据说丧事是他的一个哥哥去处理的——从没听亚田说过他有一个哥哥——或许是亚田继父那边的儿子吧？

几乎与王亚田死讯传来的同一时期，我刚刚又看到新闻，重庆有一个人从三十层高楼跳楼时，砸死了两个参加艺考的女生。我想，亚田在从高楼往下跳之前，一定先观察好了地形，选择的一定是无人行走和站立的偏僻角落，同时还要避开人流高峰期——他一定会避免去砸到任何人，任何小动物，就是连一棵树他也不会去砸到的。他就是那样的人，即使是在临死之时，也会考虑到不伤害不麻烦他者。

有一天，我在网上胡乱搜索着与自己相关的资料时，忽然不小心搜到一篇关于我的一本书的评论，作者竟然是王亚田。王亚田从未提及买过我的书，从未提及他为我写过那样一篇评论，更是从未提及这篇评论的发表。那篇书评发表在2005年11月11日的《西安晚报》上，离我自己在无意中读到它，已经过去了很多年。2005年11月11日，那时，我在哪里，正在做什么？我正因父亲车祸去世而在法庭上与法官和肇事方交涉，那是我一生中最黑暗的一段日子。在那篇书评里，我那本来不值一提的幼稚之书，竟得到了老同学极高的评价，这倒出乎我的意料，而不是他嘿嘿嘿地笑着对我说的那样一个固定句式：“你看看人家XXX，你再看看你……哎呀，哈哈哈……”忽然，我的心里被什么东西不轻不重地硌了一下，有一丝隐隐的疼。

近日又从网上搜了一些他的思想随笔来读，有发在报纸上的，有发在杂志上的，竟都写得十分大气，见解独到，不乏对现代文明进程中人类生存困境的思索。他尤其关注丛林法则里的弱者以及命运棋局里的受难者，这里有闹市区地板砖夹缝里不被人注意而悄悄开放的无名野花，他在上下班途中每天向它致意，这里有城里命运多舛的树木，有辛苦谋生却遭人嫌弃的农民工，有早逝的当代作家苇岸，还有荆轲，有司马迁……对于这一类让世人眼含泪水的事物或者人物，他都充满感同身受式的怜惜和理解。同时，亚田的文字属于那种能看得见筋骨的文字，既典雅又干净利落，还幽默风趣，个人语调很鲜明，却不强势，不矫饰，不浮夸，不卑不亢，就跟一棵栽种在泥土里的树一样，表情总是淡淡的或者笑盈盈的，就在那里了。把亚田比成一棵树，这联想来自他那篇散文《城市里的树》，那篇散文发表之后，被很多报刊转载过，还被拿去做中学语文的阅读练习题或者试卷考题。这篇散文是他的自传吗？他写那本来属于山林的树，被栽种到城市尤其是现代城市里去之后的命运："城市的树不能像山林里的树那样自由生长，经常会被修剪，砍去旁逸斜出的枝条，这种修剪不是为了让树成材，而是嫌那些多余的枝条碍事。但修剪是人的事，而长成什么样子是树的事，树永远不会按照人的意志去生长，去改变。现在的树与一千年前的树没有区别，但现在的人与一千年前的人已大不一样，绝大多数的人都在按照别人的意志生活。"他继续写："生活中，我常常发现一些善良、正直的人受到伤害，很长时间我想不通这是为什么。看见这棵被撞断的树后，我想通了：善良而正直的人与善良而正直的树会有同样的遭遇。因为善良，他们都手无寸铁，虽然他们不会伤害别人，但别人却有可能欺负他们。因为正直，他们都不会弯曲和躲闪，伤害来临时，会受伤更重。"里面还有这样的句子："水泥、柏油、砖块把土地覆盖，像古代犯人脖子上的枷板，把树干和树根隔开。水，泥，这是多么柔软的两个字眼儿，但组合成一个词时，就成为最坚硬的一种东西……因为有了坚固的路面，城市的树也就不会'落叶归根'，树把叶子生出来，但叶子却找不到根，它们随风而飘，就像丢失的找不到父母的孩子。"亚田从那么高的楼上飞跃而下时，是不是也像一片被寒风从树枝上吹飘下来的薄薄的叶子？把他接住的是大地，但不是泥土温厚的乡村大地，而是水泥坚硬的城市地面。

他的这些文字比许多混圈子的所谓作家都写得好多了。然而，加缪说，一个人的死会让我们夸大其作品的重要性，同时还会高估他在人群中的位置。于是，为了避免这类判断失误，我特地把亚田的一些散文随笔发给余小杰看。结果余小杰与我的认知是相同的，她也夸赞这些文章写得好。只是王亚田一点儿也不勤奋，写得太少了。这并不应该感到遗憾，也许，比起做一个专职作家，他更适合做一个自由而无用的思想者。谁规定过，只要怀揣了文学利器——无论是钢弩、蒺藜、流星锤、狼牙棒、倚天剑、屠龙刀，还是突火枪——就必须得把自己煎熬成一个飞檐走壁的文学侠客：一个作家？

他的文章写得这么好，可是，我为什么直到他死后才发现呢？

我已经记不清楚近几年来有多少次落脚和途经西安。有一次我在西安城里胡走瞎逛，已经走到了《西安日报》大楼下面，甚至还抬头仰望了一下那些窗口，等到完全走过去了，才忽然想起王亚田应该就在那楼上。仅仅2019年，我就曾经在咸阳机场转过五次飞机，一次往返泰国，一次往返西海固，还有一次是去延安，其中一次还躺在候机楼椅子上过了一宿。时间最近的一次是2019年10月10日上午8点50分到10点35分，我在咸阳机场转机，停留了一个小时零四十五分钟。那时离王亚田离开这个世界只有两个月了。那时候他是不是已经生出了要把自己杀死的意念，他正在一点儿一点儿地下决心？这么多次，路过他的家门口，我都不曾问候过一声好人王亚田，甚至到了后来，我几乎忘记了我在西安城里还有一个老同学——对于像我这样疏于交往且从不参加同学聚会的懒人和倔人，王亚田已经算得上是所有同学中交往最多的一个同学了。我自认为并不是一个冷漠的人，那么，我是什么人呢，至少是一个不太靠谱的人吧。

亚田的死讯，并没有给这个世界带来什么波澜。时间永是流驶，街市依旧太平。想必就连他跳下来砸到的那一小块地面，也已很快从震惊之中缓和过来，恢复了平静，那上面的血迹也已经变得淡漠了吧——仿佛什么都没有发生过。

而他的死讯对于我，是使得2019年的岁末似乎变得凝重起来，有那么几天一想起这件事，我就感到呼吸有些艰难。读到很少的几篇悼念他的文章，里面采用的两张照片，应该都是后来照的了，应该是在我与他失去联系的这十年之中的照片。照片上的他，几乎看不出什么变化，时间似乎放过了他，不曾在他脸上留下痕迹，社会也放过了他，即使已到中年，也无法使他增加哪怕一丝油腻，这大概是所有散淡之人的特征吧。其中有这样一张照片：在西安一家叫作“荣娃牛肉丸子烩菜”的小饭店门口，旁边还有一家“义祥林粉蒸肉”的招牌，两个小店之间是卖红枣和炒货的摊子，王亚田以那样一个市井景象为背景站立着，他穿着一件颜色比较鲜亮的雪青色T恤，单肩背了一个军绿色帆布书包，戴了半金属丝边框半棕色玻璃框的眼镜。他站在那里，半仰着脸，眼神单纯，望着半空，不知对面或者空中有什么吸引了他的注意力。他并没有笑，但五官完全放松的那一瞬间，仍然让那张脸显出了微微的笑意，原本黯淡的肤色竟渗透出了光泽甚至光彩。就是那样一种来自内心深处的持久的笑意，带着对尘世的怜悯，让这张脸成为一张永远不会使性子永远不会发火的脸。照片上非常繁杂而喧闹的背景，使得照片上那个把脸庞抬成仰角的人，神情里既有对于这世俗生活的眷恋同时又有对于这世俗生活的疏离，在精神上则显示出了某种超越性，好像一个人的灵魂可以通过那样自在的仰视而掷向渐渐扩展开来的晌午或者黄昏。

我和佘小杰商议着寒假里一起去一趟陕西，去看看亚田的家人，尤其想去看看亚田那八十多岁的老母亲。但是，受托向《西安日报》打听信息的朋友劝阻了我。亚田的死讯一直隐瞒着他那风烛残年的母亲，那八十多岁的老母亲一直不知道自己的儿子病了，更不知道儿子已经不在人世。

面对苦难，由于天性不同，各自在表面上流露出来的态度也是不一样的。这就仿佛牛和猪面对宰杀时的迥异反应。据说牛在被宰杀时很平静，它明知自己干了一辈子的活，如今年老体弱不中用了，要被杀了吃肉了，明知自己要死了，依然站在那儿，一动不动，不回避，不逃跑，但它会流眼泪，被捅了刀之后，也会叫，但发出来的只是哞哞的叫声，很低沉……总之，那默默承受的模样实在让人心疼，会让屠夫和观者都隐隐地产生出莫名的罪恶感。而猪就不同了，我小时候寄居乡村时，见过杀猪的。先是一群人围追堵截一头猪，猪被人追得满院子乱窜，只差上墙了，后来终于逮住了它，拴住四条腿绑在一条长条凳上，于是猪使尽浑身解数胡乱叫唤起来，高亢而犀利，其中还夹带了嘶嘶嘶的响音，屠夫被惹得暴躁起来，急忙举刀朝猪的心脏位置捅去，一下捅准，猪就只剩下哼哼声了，如果捅不准，无法一刀毙命，猪会叫得更加凄厉，那叫声几乎要把天空撕出一道口子来，于是屠夫的帮手尽快去找家伙事儿去砸那猪头，直到猪再也发不出声音了，那围着看热闹的人无不拍手称快，就这样，一头特立独行的猪终于死了，村庄又恢复了宁静。牛的不反抗和猪的反抗，其实都不能改变最终一死的结局，不同的是，牛的不反抗让人心生怜悯，杀了它之后会产生内疚，而猪的大吵大闹会让人心烦意乱，其负隅顽抗会激起人的怒不可遏，恨不得赶快杀了它了事，杀了之后仍觉得这头猪活该。拿牛和猪这两类动物做对比，不是想说它们的对与错，而是想说由于天性不同所以面对苦难时的态度就有了不同。如果进一步拿动物来比人，不管是否恰当，话糙理不糙，好吧，我其实想说，像王亚田这一类人更接近那负重忍辱的牛，而像我这样的人，应该更接近那吱哇乱叫的猪吧。

世间有太多的苦难。我想，这苦难的总量应该是一个确定的恒定的量值吧。这定量的苦难在这世间，并不是平均分配的，有人担负得多一些，有人担负得少一些。那些受很多苦的人，不仅是在替自己受苦的，其实也是在替他人受苦的，是替大家受苦的吧。那么上帝是如何选择让谁来受这更多的苦呢？不知道。这是上帝的主权。这受苦的意义是什么呢？约伯找到了以往风闻今亲历的答案，亚田最后找到了一个什么样的答案呢？

想起W. H. 奥登的一句诗："请相信你的痛苦。"在所有情感之中，唯有痛苦最值得信赖，这痛苦正是此时此刻我们活着的最有力证据之一吧。

关于王亚田，其实，我记得的并不多。能想起来的，也只有他那单薄的身影，略黑的肤色，坦诚的笑容，微含歉意的神情，幽幽的眼神，嘿嘿嘿的笑声，还有那陕西味道的普通话口音……而且，就连这些，也已经是越来越模糊的了。

似乎只有1990年秋天的阳光依然清晰。那年秋天的阳光是透明的、澄澈的，夹杂着山林之间的自由的味道。隔了快三十年了，我依然能够感受到它那暖融融的温度，以及心醉神迷的惬意。是的，三十年了，我依然记得那阳光怎样无心地映照着我的衣裳和脸庞。

人生天地间，忽如远行客。如今写这些文字，并不只是为了纪念王亚田，也是纪念我自己青春里的一小段懵懂岁月。记得当时年纪小，我爱谈天你爱笑。

2020年1月